O melhor trecho e outras crônicas

O MELHOR TRECHO
e outras crônicas

de

FRANS BEDÊ

editora PASAVENTO

Editor
Marcelo Nocelli

Revisão
Marcelo Nocelli
Eliéser Baco (EM Comunicação)

Imagem de capa
Rayhuephoto/iStockphoto

Design e editoração eletrônica
Negrito Produção Editorial

Dados Internacionais de Catalogação na Publicação (CIP)
Bibliotecária Juliana Farias Motta (CRB 7-5880)

Bedê, Frans
O melhor trecho: e outras crônicas / Frans Bedê. – São Paulo: Pasavento, 2021.
240 p.; 14 x 21 cm.

ISBN 978-65-991942-8-3

1. Crônicas brasileiras. I. Bedê e Castro, Francisco José. II. Título: O melhor trecho e outras crônicas.

B411m CDD B869.8

Índice para catálogo sistemático:
1. Crônicas brasileiras

Editora Pasavento
www.pasavento.com.br

À Valéria, minha esposa;
e às minhas filhas,
Marília e Heloísa.

"Que a importância esteja no teu olhar,
não naquilo que olhas."

André Gide

Sumário

O melhor trecho

para Marília e Heloísa

Na lembrança luminosa e agradável do tempo passado, encontrei minha parceira de vida – a Valéria. Caminhamos lado a lado, felizes e sem pressa, por um bom tempo. Estamos ainda em nossa jornada.

A viagem ficou ainda melhor quando duas divertidas e simpáticas caminhantes se juntaram a nós – Marília e Heloísa. Elas iriam nos acompanhar pelo tempo que quisessem! Mas teriam agora um lugar – seus – para voltar... para sempre.

Muito aprendemos, ensinamos e rimos com essas nossas companheiras de estrada. Várias das lições da vida foram dadas aos quatro juntos, e essas foram as mais gostosas de se aprender.

Também choramos e nos emocionamos um tanto. Aquele tanto de sofrer que a vida nos cobra por apenas existir, e caminhar!

O trecho caminhado com elas, nunca será esquecido. Será sempre o melhor trecho.

O melhor trecho.

Pista de corrida Ricardo Cuore

Poucas pessoas conhecem a verdadeira história da "Pista de Corrida Ricardo Cuore", no Parque Municipal daquela pequena cidade do interior de São Paulo.

Ricardo Cuore detestava esportes. Não fazia exercício por nada deste mundo. Era bancário, solteiro, trinta e poucos anos e de bem com a vida. Tão pacato e sem ambição que não progredia no banco ou na vida.

Apesar de boa aparência, não tinha namorada. Nos fins de semana, gostava de ir ao Parque Municipal para ler, e olhar o nada. Ficava horas dessa maneira. Olhava... olhava... e refletia sobre a vida e suas nuances. Gostava de rir dos "atletas". Achava que era uma coisa antinatural essa mania de fazer exercício, pois "o homem lutou pelo avanço tecnológico justamente para não precisar fazer tanto esforço físico e depender dos músculos. O cérebro tinha substituído os músculos". Adorava, principalmente, ver as pessoas fazendo alongamento (que mais lhe parecia uma "autotortura" masoquista). Além disso, Ricardo Cuore dizia que fazer muito esforço físico era prejudicial para o coração.

Era um filósofo amador, e os livros satisfaziam a sua ânsia de viver. Ele dizia: "Como não tenho aventuras reais, vivo as literárias. É bem mais seguro!"

Um dia, porém, Helena começou a correr... Ela, como várias pessoas dali, gostava de correr longas distâncias no Parque. Era uma moça bem charmosa; e depois que a conheciam, ia ficando cada vez mais bonita – fruto de uma personalidade forte e de um ótimo caráter – além de um lindo sorriso.

Quando ela passou pelo banco de Ricardo Cuore pela primeira vez, ele levantou os olhos, sem razão alguma. Depois, na outra volta, levantou-os de novo e... de novo. Era um movimento espontâneo e sincronizado esse levantar de olhos a cada volta de Helena.

No segundo dia, a sincronia continuava. Ricardo Cuore ficou um tanto assustado, quando percebeu que estava interessado por alguém. "Mas, e agora? Como fazer para conversar com ela? Será que é casada? Namorado? E a minha vida boa e pacata, vai desmoronar? E... se... Não, ela merece homem melhor."

Ela simplificou tudo e sentou-se ao seu lado, esbaforida, para descansar. E ainda lhe sorriu.

Casaram-se cinco meses depois.

Helena tinha passado no concurso público municipal de odontologia. Ela mudou-se sozinha para aquela pequena e agradável cidade interiorana. Tinha gostado dali desde o início. Aliás, desde as primeiras corridas no Parque. O casamento ia muito bem. Nosso herói tinha pouca experiência com as mulheres, porém, aprendera muita coisa nos livros e, acima de tudo, tinha classe, espírito e sensibilidade de sobra. Helena estava feliz.

Ricardo Cuore resolveu prestar uma homenagem à sua esposa e ao modo como se conheceram: inscreveu-se na corrida inaugural da recém construída Pista de Corrida do Parque Municipal. Era uma prova de cinco mil metros. Tinha planejado tudo: iria sair em disparada na frente, e homenagearia a sua amada. Depois, um atleta qualquer que ganhasse a prova.

E assim fez. Logo na partida saiu em disparada, como se fosse uma corrida de 100 m rasos, ficando, no início, em primeiro lugar. À frente dos outros gritou, quando por ela passou: "Helena, eu te amo!"

Ela, atônita, riu muito de tudo aquilo.

Só que Ricardo Cuore, na empolgação, esqueceu-se de parar. Continuou a correr na frente dos outros. Talvez assustado com a tropa que vinha sedenta ao seu encalce, talvez pela emoção de estar em primeiro lugar em uma atividade esportiva.

Até que tombou morto! Sofreu um enfarte fulminante causado pelo enorme esforço que fizera; comprovando, assim, a sua teoria.

O prefeito, para homenageá-lo, batizou sua obra com uma grande e bonita placa:

PISTA DE CORRIDA "RICARDO CUORE"
ATLETA MORTO EM 15.11.1987
NA PROVA INAUGURAL

The Platters no apartamento 91

Seu Ítalo era um idoso difícil de se lidar. Filho de italianos, herdou o sangue quente e explosivo. Mas era boa pessoa – dava a própria camisa se algum amigo ou parente precisasse.

Ele tinha 81 anos, dois filhos – Cláudia e Fábio – e era viúvo. Queria morar sozinho, pois sabia que ia acabar brigando com os netos, que eram agora adolescentes e roqueiros.

Seu Ítalo era respeitado naquele edifício de classe média no bairro do Paraíso, em São Paulo, mas às vezes perdia a paciência com algum assunto de menor importância, como horário de recolher o lixo e, principalmente, barulho à noite. Tinha sido um excelente mecânico de grandes máquinas das fábricas de automóvel, e sempre acordou muito cedo – mesmo depois de aposentado.

Era conhecido como o "senhor do 91". Sua vizinha do apartamento de cima, do 101, era a Flora, uma jovem e simpática psicóloga de 35 anos, que gostava de fazer umas festas que acabavam, invariavelmente, em "discoteca dos anos 1980".

Já deu para imaginar que toda vez que a Flora fazia uma festa, seu Ítalo reclamava para o porteiro. Não houve uma exceção. Por conta disso, eles nem se cumprimentavam no elevador; não tinha bom-dia, nem boa-tarde e muito menos boa-noite.

Quando chegou o famigerado novo Coronavírus, a Cláudia e o Fábio conversaram sobre o que fazer com o pai. Deram uma sondada para ver se ele gostaria de ficar com um deles, mas a resposta foi: NÃO. Só isso, não!

Cláudia tinha uma grande amiga que também era psicóloga e tinha feito Especialização junto com a Flora, e que a tinha elogiado bastante. Através dessa amiga, telefonou para Flora e expôs a preocupação dos filhos com o seu Ítalo, pois ele insistia em sair para fazer as compras e ir até a farmácia, banco etc. Flora deu a sua risada característica, adivinhando que aquilo seria uma grande aventura, mas topou. Disse que estava à disposição. Os filhos tiveram trabalho, mas convenceram o seu Ítalo a aceitar a ajuda da "moça do 101".

Num começo de noite, Flora interfona para o vizinho e diz que no dia seguinte irá fazer compras no supermercado e na farmácia, e perguntou se ele gostaria de alguma coisa. Ele respondeu que "tudo bem, qual o horário você passa aqui?". "Dez horas, está bom para o senhor?". "Está!".

No outro dia, a vizinha passa no apartamento do seu Ítalo e já estava tudo anotado: nome do produto e marca (com a observação de que se não tivesse aquela marca, não precisava trazer), dois nomes de remédios, o cartão de crédito e a senha – num papel dobrado.

Ela fez as compras e foi devolver tudo com as notas fiscais. Ele agradeceu e pediu que a moça esperasse um pouco, enquanto procurava uma caixa de bombom, que encomendara, nos saquinhos do supermercado. "Este bombom é pra você!".

Ela de fato ficou surpresa... "mas... não precisava!".

Na próxima compra dos dois, aconteceu a mesma coisa. Só que desta vez, ela falou:

– Assim vou acabar engordando... o senhor está me acostumando mal, e essa coisa de ficar dentro de casa está me cansando e estou comendo muito.

– Já sei, você está triste porque não está encontrando os seus amigos e também não está dançando e fazendo barulho, pois faça o seguinte: coloque aquelas músicas barulhentas bem alto e dance bastante...

– Mas daí eu vou incomodá-lo!

– Nós fazemos assim: você põe a música e pula à vontade. Quando eu for dormir, eu te interfono e dou boa noite. E você para.

– Está bem, disse ela.

E ficaram dessa maneira por três semanas. Na quarta semana, ela não colocou música e nem dançou. Seu Ítalo esperou dois dias e ligou pra ela:

– Flora, você não está dançando mais? O que houve?

– Não sei, seu Ítalo... estou meio triste. Eu sou psicóloga porque gosto de conversar com as pessoas, gosto de ver gente... este distanciamento social está me fazendo mal...

– Entendo... nem todo mundo é bicho do mato como eu. Vamos fazer um trato: às 21 horas, você senta no seu terraço que eu te farei uma surpresa.

– Está bem!

Seu Ítalo pegou a sua antiga vitrola, limpou bem a agulha e foi procurar os seu discos preferidos: The Platters, Nat King Cole e Frank Sinatra. Olhou as capas dos LPs e suspirou: "Ah! Isso sim é que é música!". Levou a vitrola para o terraço e aguardou o horário marcado.

Às 21 horas em ponto, ele colocou um disco do The Platters na vitrola em som alto. Sentou-se no terraço e ficou ouvindo, relembrando do seu tempo de moço, e relembrando de sua querida Yolanda... quando ouviam esses mesmos discos juntos, e, às vezes, até dançavam.

E Flora sorriu feliz.

Fragmentos

Há pessoas inesquecíveis e para isso não há cura.

CHARLES BUKOWSKI

Arnaldo estava velho; já não contava mais os seus anos de vida. "Contá-los, pra quê?" A memória recente lhe falhava. Nomes, lugares, remédios... tantos remédios. "Irão as drogas restituírem minha saúde? Irão elas me devolverem a grande companheira de toda uma vida que se foi?"

Fragmentos. Arnaldo lembrava-se de cenas, de pessoas que foram importantes para ele. E voltava ao passado, ali, sim, era um refúgio aconchegante.

Ele se sentia como um motorista que vai de uma cidade à outra, e quando chega, começa a voltar imediatamente. Agora, ele não tem mais pressa alguma, e viaja devagar observando melhor toda a paisagem já vista uma vez. Não tem mais vontade de ir para outra cidade, pois não tem mais nada para fazer lá. Sua vida estava toda nas margens e imagens daquela estrada.

Pessoas que gostavam dele perguntavam, todos os dias, se ele já tinha tomado tal e qual remédio. Ficava até feliz com a preocupação daquela gente, mas pra que tomar tanto remédio? Não entendia aquilo...

Num dos fragmentos que viu, Arnaldo se lembrou de uma passagem com sua grande amiga Margarida. Uma cena sem maior importância, talvez. Mas que veio clara, nítida, como se tivesse acabado de acontecer ali mesmo. Margarida e Arnaldo tinham, na época, 22 anos. Eram jovens plenos de vigor e graça. Se entendiam muito bem, enxergavam o mundo de um modo semelhante e tinham muito apetite em viver. Eram cúmplices – o tanto que um rapaz e uma moça podem ser, sem serem namorados.

Uma tarde, Margarida, lhe perguntou:

– Arnaldo, você já se apaixonou por uma personagem de livro?

– Personagem de livro?, repete para ganhar tempo e pensar. – Como a Iracema ou a Ceci, de José de Alencar; ou a Moreninha? Personagem mesmo?

– É, pela personagem mesmo: o tipo físico, o caráter e suas reações diante das adversidades... tudo isso.

– Nossa! Não cheguei lá ainda... E não li tanto quanto você.

– Pois eu estou apaixonada por um dos irmãos Karamazov, do livro do Dostoiévski.

Arnaldo não teve nenhuma reação objetiva; nem fez alguma de suas lamentáveis piadinhas, também não deu sequência à conversa. Quedou-se inerte, como diriam os antigos.

Margarida ainda falou um pouco mais sobre o personagem amado, porém, vendo que o amigo não se interessava, mudou de assunto. Esqueceu aquilo completamente. "Paixonite de jovem", disse ela posteriormente.

Esta passagem voltou à memória do Arnaldo como um estranho enigma: por que se irritou com aquilo? Ficou com ciúmes? Percebeu que aquele homem era superior a ele em coragem, caráter, determinação... e até fisicamente? Com certeza era superior, mas e daí? O rapaz era apenas uma ficção, não existia na vida real, e eles eram grandes amigos. "O que houve ali, Arnaldo?", ele se perguntava.

Ele nunca quis ler Os Irmãos Karamazov – leu outros livros do mesmo autor, mas este não. Não queria ter que se deparar com aquele sujeito personagem de novo.

– Sr. Arnaldo? Sr. Arnaldo? Parece que o senhor está tão distante... é hora de tomar os seus remédios da tarde. Diz a cuidadora zelosa.

– Remédios? Pra que remédios, minha doce jovem? Eu preciso é descobrir a razão de ter tido ciúmes e raiva de um dos irmãos Karamazov quando tinha 22 anos de idade...

Café na Praça João Mendes

O Maneco é um primo que tem a minha idade, sou apenas três meses mais velho. Ele sempre foi bem espichado e magro; engraçado e desajeitado – na adolescência já tinha 1,90 m. Chegou a 1,93 m.

Ele era divertido, naturalmente. Não era de contar piadas ou histórias, ele improvisava suas brincadeiras e caretas. Sempre foi bem-humorado e criativo. E batucava muito bem.

Passamos a infância e a juventude juntos, éramos como irmãos. Em 1981, entramos no Tribunal de Justiça de São Paulo como escreventes técnicos judiciários, tínhamos 21 anos e trabalhávamos em seções vizinhas no Fórum João Mendes Júnior.

Nosso horário de trabalho era das 11 às 19 horas, e tínhamos uns 40 minutos para fazer um lanche. Assim que entramos no TJ, eu fiquei amigo do César, que hoje é Procurador de Justiça. O César tinha 19 anos e era bem alegre e sociável; ótima pessoa. Morria de rir com o modo de ser e as improvisações do Maneco.

No início, nós três saíamos juntos para tomar café. E ficávamos observando como se portavam os advogados mais velhos. O Maneco e eu começamos a imitar todo o gestual e a conversa bacharelesca com a voz empostada dos doutores. A primeira coisa que imitamos era um hábito dos advogados mais antigos: eles pegavam no braço do colega na altura do cotovelo, e iam andando assim e tagarelando. Imaginem só: três jovens de jeans e um pegando no braço do outro e conversando... Não deu certo, pois o César ria demais. Ficou uma cena bem ridícula.

Nós saíamos do Fórum e íamos a uma lanchonete, frequentada por muitos causídicos, tomar o excelente café expresso que eles tinham lá. Na hora de pagar, nós imitávamos as brigas dos advogados na frente do caixa:

– Não, não, não... Hoje eu faço questão de pagar!

- Mas desse jeito o colega me deixa chateado, constrangido... É a segunda vez que o doutor acerta nosso café em seguida!

– Por favor, faço questão... Dê-me esta simples alegria... Desta vez ao menos...

Nós três adorávamos essa disputa verbal para pagar os cafés, e começamos a repetir o espetáculo na frente do proprietário, o qual ficava de cara amarrada. Mas nós tínhamos bolado uma escala para se pagar os cafés, dessa forma, nossa discussão era só teatro mesmo – o pagador já estava previamente combinado.

Numa segunda-feira, fomos os três sorver aquele delicioso líquido – era a vez do Maneco pagar a conta. Só que no domingo houvera um grande jogo de futebol entre o glorioso São Paulo Futebol Clube e o Palmeiras. O Maneco e eu são-paulinos, é claro, e o César, palmeirense (!). Tinha sido um jogão e estávamos conversando sobre os lances polêmicos (como sói acontecer!).

Na hora de pagar a conta, o César e eu esquecemos nossa encenação na frente do caixa e continuamos a conversar sobre o jogo. O Maneco foi para a fila do caixa e não percebeu que os dois amigos não estavam atrás dele. Quando chegou a vez do Maneco acertar a pendência, ele se vira para trás (com o os seus 1,93 m) e diz em voz alta e de braços abertos:

– Não, não, não... por favor! Eu faço questão de pagar o café. Para mim, é uma honra!

Atrás dele estava um advogado baixinho e já bem veterano, que levou um grande susto, mas não perdeu a pose:

– Está bem... meu jovem. Se você faz tanta questão, eu permito que me pague desta vez. Mas a próxima é minha...

O Maneco, então, pagou os quatro cafés.

O problema é que o César começou a rir tanto que não parava... Teve um ataque de riso. Cheguei a ficar preocupado dele passar mal com falta de ar.

Conclusão: nunca mais conseguimos sair os três para tomar café, pois era só o César botar o olho no Maneco que começava a rir...

Papai Querida

à Heloísa

Esse erro de concordância ocorreu em 1996 ou 97, um pouco antes da Heloísa entrar na pré-escola. Ela tinha dois ou três anos. A Marília já estava "estudando"; a nossa simpática amiga Rosa a buscava no Colégio Irmã Catarina e cuidava dela na casa da Rua Safira (casa dos avós) até a Valéria ir pegá-la, no início da noite.

A minha irmã Ana Elisa, doravante nominada de Tia Nê, cuidava da Heloísa de tarde. Eu chegava do Tribunal Regional Eleitoral e a ajudava com a Heloísa. Era moleza! A Heloísa foi uma criança muito boazinha, calma e silenciosa. Porém tinha, desde bebê, atitudes e posicionamentos firmes (às vezes, firmes demais!).

Como a Valéria já chegava meio cansada, pois levava a Marília até a escola, trabalhava e a pegava de novo na casa dos avós, a Nê e eu dávamos banho na Heloísa (para adiantar o expediente). Nós percebemos que ela não gostava que déssemos banho nela; estava claro que ela preferia a mãe, uma vez que já tinha ficado à tarde inteira com a Tia Nê e... pai é pai, não é mãe (ser pai é participar de uma grande gincana em que você já sabe que chegará, no máximo, em segundo lugar!).

Uma bela noite, a nossa heroína diz para minha irmã: "Tia Nê é boba!". E logo em seguida: "Papai é boba!". E repetiu isso algumas vezes. Depois que a Valéria chegou com a Marília, nós contamos a gracinha para ela. A mãe entendeu a irritação de Heloísa, mas falou firme para ela: "Heloísa, não pode falar que a Tia Nê é boba e nem que o Papai é boba. Entendeu? Eles estão dando banho em você para me ajudar. Eu não consigo fazer tudo!".

No dia seguinte, na mesma hora do banho, a minha filha diz: "Tia Nê não é boba! Papai não é boba!». E repetiu isso durante o banho inteiro. Assim, a coisa só piorou... Repete-se a história, e a Valéria dá outra "bronquinha" na Heloísa: "Olha, você não pode falar que a Tia Nê e o Papai são bobas e nem que não são. Se eles não são bobas, não precisa dizer nada. Entendeu?".

Quem acha que a Heloísa desistiu, não a conhece. No terceiro dia, na hora fatídica, ela manda: "Tia Nê é babo! Papai é babo!". E ficou repetindo a frase com uma carinha de vitoriosa. A Nê e eu começamos a rir e não sabíamos como resolver a pendenga.

Quando a Valéria chegou, a Nê já foi falando: "Valéria, ela chamou a gente de 'babo', mas 'babo' para mim não quer dizer nada. Não existe e não me ofende. Vamos deixar essa história pra lá, daqui a pouco ela esquece isso! Ela fica tão bem a tarde inteira... não merece uma bronca no final do dia!".

E assim aconteceu. Depois de uns dias ela esqueceu o "babo". Daí, é claro, eu aproveitei para mexer com ela. Numa hora na qual estávamos só nós dois, eu fiquei provocando: "Heloísa, o papai é boba? Ou o papai não é boba? E a Tia Nê, ela é boba?" Ela permanecia em silêncio – a Heloísa, bem ao contrário da irmã, falava pouco. Eu continuei: "Heloísa, afinal, o que o papai é?"

Aí, ela respondeu: "Você é o papai querida!"

Isso aconteceu mesmo! É um troféu valioso que eu nunca esquecerei. Está lá... bem guardado.

Eu sou o Papai Querida!

Joca, Truco e Trovão no coronavírus

Joca, Truco e Trovão são amigos de infância em uma pequena cidade do Norte de Minas Gerais – Porteirinha, de 37 mil habitantes. Cidade bonita e turística. Seus principais destaques são a Cachoeira do Serrado e o Cristo Redentor, no ponto mais alto da cidade. Hoje em dia faz parte do "Circuito Turístico Serra Geral do Norte de Minas Gerais", como eles têm orgulho de mencionar.

Os três têm a mesma idade, por volta de quarenta anos, e suas qualidades e defeitos se complementam. Assim, desde pequenos, aprenderam a conviver e a se ajudar. E acabaram formando um trio que fez bastante sucesso na infância e na juventude naquela cidade. Deixaram em Porteirinha várias histórias (e, como sempre ocorre, foram sendo aumentadas e, algumas, inventadas com o passar do tempo).

Depois, começaram a rodar juntos por Minas e pelo Interior de São Paulo – sempre em cidades pequenas.

Joca é o mais esperto e atilado dos três. É aquele capaz de perceber e interpretar o que está se passando ao redor, e qual estratégia devem tomar. É, também, o proseador, e o que detém a versão principal das histórias e peripécias dos três.

Truco é dotado de habilidades manuais, capaz de consertar quase tudo – bem, isso se ele quisesse trabalhar. Ele recebeu esse apelido por ter vencido vários torneios de truco com parceiros distintos. Além disso, joga bem sinuca e, quando menino, tinha uma pontaria espetacular com o estilingue.

Já Trovão, adquiriu sua alcunha pela voz grave e pela sua força descomunal. É grande, gordo e forte. Nunca corre. Seu papel principal é fazer a segurança da turma. Ele impõe respeito só por sua presença, porém é bonachão. Foram poucas as situações em que ele precisou brigar de fato; e, quando precisou, nunca machucou alguém com gravidade.

Quando o Trovão percebe que os parceiros estão irritando outros caboclos, arruma uma maneira de encerrar a noitada e irem embora antes de começar o furdúncio.

As características comuns dos amigos são: nada de trabalho com carteira assinada e muito amor à cachaça. Ou, dizendo de modo mais objetivo: "vivem de bico e são cachaceiros inveterados."

Depois de perambularem por vinte anos pelos estados de Minas Gerais e São Paulo, resolveram se fixar em Santo Antônio do Jardim, bela cidade paulista de 6 mil habitantes. É um lugar tranquilo, de gente boa e pacata. Ali não arrumavam grandes encrencas e faziam seus pequenos trabalhos àquela boa gente interiorana. À noite, boteco, cachaça, sinuca, carteado e prosa. Não era só pinga o que tomavam, bebiam também cerveja ou vinho, quando aparecia alguém para bancar a despesa.

Joca entretinha o pessoal com sua conversa fluente e divertida. Truco sempre arranjava alguma verba na sinuca ou no baralho. E Trovão, por vezes, atuava como segurança informal do dono do bar – em troca de refeição para os três e uma garrafa de aguardente.

Um dos causos mais pedidos pelas pessoas era o do tatu-canastra, também conhecido por tatuaçu, de um metro e meio de comprimento só de corpo ("que mais parecia um fusca") e que eles caçaram em Porteirinha. A trinca se destacou como os melhores caçadores e pescadores da região, por isso vieram desafiá-los a pegar o tatuaçu que ninguém conseguia caçar.

Eles esperaram uma noite de lua cheia, senão fica impossível enxergar o tatu sem lanternas (as quais afugentam qualquer animal). Dirigiram-se para a área em que o gigante foi visto pela última vez, e aguardaram alguma movimentação na mata. Quando eles estavam quase dormindo sentados, viram um rebuliço na mata e Truco, o especialista, foi se aproximando... e saiu correndo atrás do enorme fossador. Joca correu também, e Trovão, andou rápido. O Tatu-canastra já estava entrando em sua toca, quando Truco se atirou e o pegou pelo rabo. Só que o bicho era tão forte que foi levando o rapaz para dentro do buraco. Joca chegou rápido e o segurou pelos tornozelos, mas também começou a ser tragado. Truco gritou que estava com dificuldade para respirar e disse que iria soltar o canastra. Joca respondeu para que aguentasse até o Trovão chegar. Enfim, o enorme companheiro chega, pega o segundo pelos tornozelos e empata o jogo. Aí foi um vai e vem danado: os dois entravam um pouco mais no buraco e o Trovão tirava-os de novo. Foi assim por cinco minutos... eles indo e vindo... Até que a força do Trovão começou a vencer. Aos poucos, ele puxou os três para fora da toca: o Joca, o Truco e o tatu-canastra, extenuado.

Numa outra vez, disseram a eles que havia um lobisomem em Porteirinha. Ninguém mais saía à noite naquela cidade. O trio disse que resolveria o mistério. Pegaram uma forte rede e ficaram procurando o monstro durante algumas noites. Eles descobriram que aquele lobisomem não era carnívoro, pois destruía hortas e plantações, mas não comia nenhum bicho. Isso os acalmou um pouco.

Na segunda semana, o homem-lobo foi avistado em um sítio da região. Foram com a rede para lá e conseguiram pegá-lo. Era todo peludo, escuro e muito forte, se não fosse pelo Trovão talvez eles não conseguissem prendê-lo. Levaram o lobisomem para a luz e descobriram que se tratava, na verdade, de um chimpanzé que havia fugido do circo de uma cidade vizinha. Avisaram o dono do circo, o qual, além de uma boa recompensa, homenageou os três na sessão principal de sábado à noite. Foi o momento de maior glória deles – aplaudidos por toda a plateia.

Havia, também, histórias de pescarias, cobras, valentões, moças belas, rodeios, saci etc. Mas chegara o tal Coronavírus, e o Prefeito fechou todos os botecos da cidade. Ficaram desesperados... e agora? Poderiam beber a branquinha em casa mesmo, mas não tinha graça nenhuma. Truco e Trovão começaram a ficar nevosos. E Joca teve de pensar rápido no que fazer.

Joca explicou aos amigos que sem boteco, prosa, sinuca e a "malvada" eles não conseguiriam suportar a vida. E, assim, teriam que fazer alguma coisa contra o Coronavírus, para aquilo acabar logo. E lembrou aos companheiros que eles sempre enfrentaram os bichos e desafios que encontraram pela vida afora. E fez a seguinte sugestão:

– Nóis vamo se alistá como voluntário na Prefeitura de Santo Antônio do Jardim pra o que eles precisá de nóis... Vamo enfrentá esse tar de vírus! Nem que seje na unha!

E foi o que fizeram. Iriam trabalhar em troca apenas das refeições diárias, até acabar a interdição dos bares. Cada um foi aproveitado de acordo com suas qualidades: Truco trabalhou na manutenção do Posto de Saúde, da Escola, da Creche Municipal e demais equipamentos; Trovão colaborou com sua força física, carregando cargas e coisas similares; e Joca entretinha os idosos no asilo com suas histórias (que fizeram estrondoso sucesso). Organizou até um bailão no asilo e dançou com todas as damas. Também fazia visitas aos moradores mais solitários da comunidade, para prosear um pouco.

Quando a pandemia passou, a Prefeitura baixou outro Decreto, cancelando o anterior e abrindo o comércio – e, também, os botequins. Portanto, eles foram avisar ao alcaide que o voluntariado se encerrava ali. O Prefeito os recebeu muito bem e agradeceu ao trio, apertando a mão de um por um (agora já podia!).

Então, Joca disse:

– Prefeito, caso o senhor careça, nóis vai continuá como voluntário uma veiz por semana, pra mó de ajudá a cidade! O Administrador aceitou e os informou que eles receberiam um crachá escrito: "Voluntário Especial da Prefeitura".

Assim... de volta ao boteco, à sinuca, à prosa e à cachaça, Joca, Truco e Trovão tinham agora mais um causo para contar ao seu dileto público, e mostrar o bonito crachá a quem duvidasse deles.

O barbudo Fefeléchi

Quarta-feira às 17h15. O trem da Linha Verde do Metrô não estava lotado, embora tivesse bastante gente. Seria melhor que estivesse abarrotado, pois no aperto as pessoas são obrigadas a se conformar, ter paciência e acabam por ficar tranquilas (e quietas!).

Os passageiros começaram a falar muito, muito e muito... ao celular! Eu comecei a ouvir aquele falatório, aquela algaravia, e reparei que não tinha ninguém conversando entre si, era só com a fria máquina.

Lendo um livro tradicional, só havia um rapaz barbudo que estava sentado junto à janela. Ele tinha o jeitão de ser um dos estudantes da FFLCH da Universidade de São Paulo – a mais que famosa Faculdade de Filosofia, Letras e Ciências Humanas, apelidada de Fefeléchi. Estava vestido com uma bermuda, camiseta e sandália franciscana (mais a barba e o livro na mão resulta em: Fefeléchi!).

Eu estava só observando a curiosa cena: todos os passageiros falando ao celular, e eu olhando e o jovem

Fefeléchi lendo bem concentrado, quando entra uma "baixinha fortinha" gritando no celular e dando várias ordens. Ela parou bem na minha frente. Mudei, na hora, de posição no vagão (como sempre faço).

Ao meu lado, um homem de negócios, de seus 35 anos, bem vestido e autocentrado discutia com o sócio os termos de um tal contrato que não me interessava bulhufas. Ele falava de alguns detalhes mais delicados e até de valores, para todo mundo ouvir.

Uma adolescente narrava à amiga (tratada por "Cris", "mano" ou "véi") o que o louco do "Rick" aprontou com a professora de geografia...

O pior ainda estava por vir: uma loira de olhos azuis e blusa rosa, 45 anos, parecia transtornada ao telefone. Seus olhos, que eram bem bonitos, começaram a se iluminar de uma maneira aterrorizante – como naqueles filmes com bonecas e bonecos assassinos!

Foi aí que comecei a sentir uma sensação de estranhamento que, para ser sincero, já havia sentido umas duas ou três vezes em diferentes situações na região da Avenida Paulista. Reparei que várias dessas pessoas estavam olhando para mim de modo misterioso: com frieza e raiva! Quando eu olhava para elas, elas logo desviavam o olhar. Eu virava o rosto para o outro lado e acontecia a mesma coisa. Comecei a respirar fundo, concentrei-me, e consegui entender bem o que estava acontecendo.

Todas aquelas pessoas: "a baixinha fortinha", "o homem de negócios", "a adolescente", "a loira de olhos azuis" e várias outras ali presentes, falavam com uma única fonte, ou seja, com o mesmo ente – que passarei a chamar de "Chefe".

Percebi que o "Chefe" falava de mim e do Fefeléchi. Nós éramos os únicos que não estávamos com o celular na mão (ou com fone de ouvido).

Intuí o que iria acontecer: o "Chefe" daria a ordem definitiva para nos estraçalharem sem dó – a mim e ao rapaz que teimava em ler livro de papel. Para o "Chefe", éramos dois idiotas rebeldes e neandertais que não se renderam – ainda – ao celular. Éramos seres insignificantes que insistiam em "ficar de fora"! O "Chefe" iria parar o metrô entre duas estações e dar a ordem:

– Liquidem o "aposentado metido a cronista amador" (no caso, eu) e o "barbudo Fefeléchi"!

Decidi reagir imediatamente, e pensei: "Por pelo menos cinco vezes escapei da morte em minhas seis décadas de vida: um fortíssimo choque elétrico aos 3 anos; um tiro aos 21; um capotamento de carro aos 24; um choque séptico com SRAG aos 52 anos; e uma depressão dos 51 aos 55 (que é um tipo de morte em vida!). Não vou morrer tão fácil assim!"

Caminhei em direção ao Fefeléchi para avisá-lo do risco iminente que corríamos. No momento em que fui falar com ele, toca o seu celular! Ele o pega no bolso lateral da bermuda e atende: "Oi Gabi"... (silêncio, pois é a Gabi que está falando agora...). "Não... não feche o negócio ainda! Eu estou quase chegando na empresa, tenho novas sugestões a fazer... Esperem por mim, estou quase chegando!"

Ele fecha o livro e me olha de um modo... irônico ("Te peguei, hein? Velhinho!").

Por sorte, a composição parou na Estação Trianon--Masp, e eu pulei do trem.

Ufa! Desta vez foi por pouco! Porém, eu tenho a certeza de que o "Chefe" não tem pressa de me pegar. Poderá ser num avião, num parque, num restaurante, na calçada da Paulista...

E se eu comprasse um celular?!

Assassinaram o camarão!

A Tia Marina foi uma das pessoas mais espirituosas que eu conheci em minha vida. Engraçada e inteligente, estudou só até o Ensino Médio, pois perdeu os pais ainda moça e teve que começar a trabalhar – como todos os seus irmãos, minha mãe entre eles.

Num domingo à noite, em 1981, ela telefona para casa procurando por mim. Minha irmã caçula, a Guga, que tinha quatorze anos, atendeu e foi me chamar:

– Frans, telefone pra você. É a Tia Marina; ela disse que é "urgentíssimo"!

– Nossa! Será que aconteceu alguma coisa?

– Não sei, mas ela tá com aquele tom de voz engraçado dela, e te chamou de "Francisco José" (o meu apelido na família era Fran ou Frans). Ela disse assim: "Maria Júlia, preciso falar urgentemente com o Francisco José, não posso falar o que é pra você, pois é um caso grave, e você ainda é uma adolescente, muito novinha."

– Ela me chamou de Francisco José? Tinha gente rindo ao fundo?

– Tinha, só que era uma mistura de choro e riso.

– Foi bom você me dar esse toque, assim já me preparo para a Tia Marina!

– Alô, tia?

– Francisco José, é você mesmo? Francisco José, aconteceu uma coisa gravíssima. O Francisco Gastão está aí? Ele já fez dezoito anos?

– O Gatoca, quer dizer, o Francisco Gastão está sim. Ele fez dezoito em julho. Tia, estou ouvindo uma pessoa chorando ao fundo, aconteceu alguma coisa séria?

– Seríssima, Francisco José. Olhe: venha pra cá logo, você e o Francisco Gastão. A Maria Júlia ainda é muito menina... e o ambiente aqui está pesado... carregado... tem gente chorando e se abraçando...

– Tia, a senhora não pode falar o que aconteceu? Ou dar uma dica?

– Bem... vou dar uma pequena dica: alguém foi assassinado!

– Poxa tia... caramba! Agora é que fiquei sossegado com essa pequena dica!

– Francisco José, venha pra cá e traga o Francisco Gastão. E se der, traga umas cervejinhas também.

As "cervejinhas" foram a senha de que era, de fato, alguma de suas brincadeiras. Ela pediu a cerveja só pra deixar claro que se tratava de mais um chiste dela. E foi um dos melhores.

O Gatoca tinha acabado de chegar (pois esse daí vivia na rua), e eu já entrei na brincadeira:

– Gatoca, a Tia Marina pediu pra irmos agora mesmo para o apartamento dela. Parece que assassinaram alguém... tinha gente chorando na sala... vamos embora. Precisamos comprar umas cervejas.

– Nossa Frans! Só entendi duas coisas do que você disse: o nome Gatoca e o nome Tia Marina. Assassinaram alguém e vão tomar cerveja?

– É uma das brincadeiras da Tia Marina. Ela nos chamava de Francisco José e Francisco Gastão. E eu ouvi gente rindo e chorando forçado na sala. Você tem que estudar?

– Eu tinha, mas não tenho mais. A Tia Marina precisa da gente. Vamos lá! (Esse jovem tinha futuro no ramo!).

Chegamos no apartamento da Tia Marina, na Vila Buarque, em São Paulo, e ouvimos atrás da porta os mesmos choros e risos. Eu disse ao Gatoca:

– Prepare-se para a Tia Marina. Deixe a história correr, entre no jogo, acho que vai ser um domingo especial!

– Pode deixar, disse ele.

Ding Dong

– Mãe, é o Frans e o Gatoca!, ouvi o meu primo Maneco dizer ao observar pelo olho mágico.

– Deixa que eu mesma atendo, disse minha tia.

– Francisco José, Francisco Gastão... deem um abraço em mim! Estou alquebrada!

– Está o quê, tia?, perguntamos.

– Alquebrada, exaurida, exangue (a Tia Marina, assim como os seus irmãos, adorava ler).

– Tia, quem foi assassinado? É alguém conhecido?, perguntei.

– Muito conhecido, Francisco José. Maneco, pegue duas cervejas para os meus sobrinhos... para eles suportarem melhor a notícia fatídica que iremos dar.

– Melhor vocês se sentarem. Como a gente dá uma notícia dessas? Assim... na lata?

– Assim... "de supetão", né tia?, digo isso para entrar no clima da Tia Marina.

– Isso mesmo: não posso falar uma coisa dessa "de supetão!"

– Vamos contar em forma de mímica, sugeriu o Maneco.

– Isso! Boa ideia! Vamos todos contar para eles fazendo mímica. É uma boa maneira de se dar uma notícia trágica. Disse o Miltinho, um grande amigo de minha prima Lia.

Voltando duas horas no tempo.

A Lia e o Miltinho estavam no "Bar Boca da Noite", reduto boêmio do Bixiga que tocava a melhor MPB ao vivo de São Paulo, quando o cantor brincou com o público: "Tenho uma notícia muito triste para dar a vocês: Assassinaram o Camarão!" E cantou este samba delicioso para a plateia:

"Assassinaram o camarão? / Assim começou a tragédia no fundo do mar / O caranguejo levou preso o tubarão / Siri sequestrou a sardinha / Tentando fazer confessar / O guaiamum, que não se apavora / Disse: eu vou investigar / Vou dar um pau nas piranhas lá fora / Vocês vão ver / Elas vão ter que entregar."

Na hora, o Miltinho começou a chorar. A Lia se assustou com o amigo e disse: "Você está bem? Aconteceu alguma coisa?" E ele respondeu: "Lia, assassinaram o camarão?" E a Lia... também começou a chorar doloridamente. Dali, eles foram avisar a Tia Marina e o Maneco sobre o ocorrido. Quando o Gatoca e eu chegamos, já estavam lá cinco pessoas e chegariam ainda mais três amigos. Aquilo iria longe!

Os cinco que lá estavam começaram a fazer a mímica do grande samba *Tragédia no Fundo do Mar*, composto por Ibrahim e Zeré, tendo como primeiros intérpretes os "Originais do Samba" (ainda com o humorista Mussum no grupo). O que dávamos de risada não existe! Não queríamos adivinhar nada... cada chute nosso era uma palhaçada. O Gatoca, que sempre foi mais esperto do que eu, matou a charada: "Já sei: Assassinaram o camarão?"

Depois que ele acertou, todos começaram a se abraçar e a chorar... tudo de novo. Daí o Miltinho teve uma crise real de choro... e a Lia, de riso! Tudo isso ao mesmo tempo. E, quando estávamos nos acalmando:

Ding Dong

– Quem é Maneco?

– É a Thaís e o Cridinho – um simpático casal de amigos da Lia e da Tia Marina.

– Gente, disse a Tia Marina, vamos contar pra eles também por mímica. Agora vão ser sete pessoas interpretando... vai ser mais fácil pra eles acertarem.

Pior, ainda, foi para o Sebastião Denardi – com nove pessoas fazendo mímica para ele ao mesmo tempo.

Assim, eu devo à Tia Marina o domingo à noite mais gostoso e inesquecível de minha vida.

Viva a Tia Marina!

Discussão na derradeira hora

Alfredo e Bárbara comemoravam 33 anos de um casamento feliz. Tinham três filhos – dois rapazes e a caçula. Estavam realizando um antigo sonho de Bárbara, que era conhecer a China.

Na China, ela conseguiu o seu intento maior: convencer o marido a ir ao Tibet, na Cordilheira do Himalaia. Ele não queria, pois sabia que lá não haveria muito conforto, além do frio e das caminhadas sem as mordomias ocidentais, mas acabou indo, mesmo meio cismado, um pouco tenso e sério – o que não era o seu natural.

E fizeram a viagem de avião de Pequim a Lhasa. O clima lá fora também não estava dos melhores, e a nave começou a balançar e a tremer. Depois de algumas quedas de altitude, o piloto avisou que passariam por uma tempestade e que haveria bastante turbulência (turbulência é uma palavra que detestamos ouvir do capitão do voo, "bastante turbulência", então...). Seria necessário que todos colocassem as máscaras de oxigênio, que caíram do teto (o que é uma visão bem desagradável).

Depois de alguns minutos, Alfredo tirou a sua máscara e falou:

– A gente podia conversar enquanto a situação não piora...

– Enquanto a situação não piora? Você está me assustando mais ainda. Alfredo, você acha que corremos risco?

– Eu nunca passei por uma situação tão... não sei... está balançando demais!

– Então vamos conversar, acho que você tem razão. Se corremos risco, de nada adianta ficarmos desesperados antes. Qual o assunto para esta situação?

– Acho que nós deveríamos recordar todas as bênçãos que tivemos em nosso casamento, principalmente nossos três filhos e nossos 33 anos de união feliz.

– Eu acho que seria melhor nós rezarmos e depois pedirmos perdão por nossas falhas com as outras pessoas para irmos em paz...

– Agora que posso morrer vou ficar me lembrando de alguma coisa que possa ter feito ou dito aos outros? Os tais "outros" vão continuar vivendo, nós é que morreremos. Eu cometi minhas falhas, não nego, mas nunca fui uma pessoa ruim, e mais acertei do que errei. E você muito mais do que eu, sempre ajudou e pensou nos outros. Até demais!

– Como até demais?! Explique-se melhor...

– Ah! não vamos brigar na nossa última hora... Você, assim como as outras pessoas mais elevadas e espiritualizadas, fazem muito mais pelos outros do que recebem. Acho isso lindo, mas agora eles e elas é que deveriam te agradecer e pedir perdão! E, depois que a gente morre, está tudo perdoado; o pessoal esquece nossas falhas e só receberemos elogios.

– Eu não fiz as coisas para receber agradecimentos ou elogios, Alfredo... fiz porque quis. Prefiro, então, só rezar. Pensar na outra vida...

– Só que eu não tenho tanta fé quanto você... e não sei se tudo terminará na próxima hora... nesta hora! Gostaria de ter certeza de que tudo valeu a pena, de que a nossa, quero dizer, a minha vida não foi em vão...

– Alfredo, nossos filhos sofrerão com a nossa morte, mas depois seguirão em frente e serão felizes, pois foi isso que nós ensinamos para eles. Ir em frente e ter fé na vida. Você não foi feliz, Alfredo?

– Fui. Mas fico pensando se nós deveríamos mesmo ter vindo para o Tibet... A gente podia ter rezado daquele templo budista que visitamos na China. Seria mais seguro e Deus entenderia.

– Alfredo, se for pra começar com o jogo do "se isso, se aquilo", então vamos lá: E se eu não tivesse me casado com você, e sim com aquele meu antigo namorado que você conheceu e morria de ciúmes?

– Agora você apelou! Eu também tive namoradas, e se tivesse me casado com uma delas, certamente não estaria aqui!

– Como "não estaria aqui"?!

– Eu não teria vindo à China, Bárbara, muito menos ao Tibet pra rezar no gelo, iria para o lindo e ensolarado sul da Espanha...

– Senhora, Senhor... Desculpem-me interromper a "conversa" de vocês – disse a gentil e constrangida aeromoça. Preciso guardar as máscaras pois já passamos da zona de turbulência mais crítica faz algum tempo. Está tudo bem agora, podem relaxar. Serviremos um lanche daqui a pouco.

Os dois ficaram em silêncio. De repente, não tinham mais o que falar. Não sabiam o que dizer e nem tinham coragem de se olhar.

Alfredo se sentiu um idiota e egoísta, que só pensava em si mesmo e carente de elogios. E Bárbara achou que não foi sensível e amorosa, pois sabia que seu marido era, digamos, mais coração do que espírito.

– Vocês querem beber algo? Suco, água, café, refrigerante?

– Café, disse ela.

– Café e água, por favor, disse ele.

– Vocês querem açúcar ou adoçante? Perguntou, por fim, a aeromoça.

– Eu quero adoçante, disse Alfredo. E ela... era adoçante... só não sei se mudou...

Bárbara sorriu. E deram-se as mãos rumo à Lhasa, uma das cidades mais altas do mundo e capital do budismo.

Em Lhasa, aprenderiam que um importante princípio orientador da prática budista é o Caminho do Meio – descoberto por Buda antes de sua iluminação.

Limão caipira

Este causo verídico se passou no bairro da Aclimação, em São Paulo, em fins da década de 1990.

Morávamos na rua José Getúlio e havia um vizinho no prédio, de nome Ari. Era um dos mais antigos moradores do prédio e do bairro. Era um servidor público estadual aposentado; sua esposa, Lívia, era diretora de escola e tinham um casal de ótimos filhos. Ela era bem mais nova que ele e ainda trabalhava. Uma vida bem tranquila e mansa levava o nosso simpático Ari.

Ele possuía uma característica peculiar e inesquecível: não parava dentro do apartamento, nem que chovesse. Era magro, ativo, alegre, falante e palpiteiro. Era o amigo de todos, incluindo os porteiros do prédio. Sempre disponível para ajudar a carregar as compras ou indicar o melhor tapeceiro, marceneiro, encanador etc. Caso precisasse, ele ia com você até o prestador de serviço para te apresentar e pedir capricho e um preço justo pelo trabalho.

A família de Dona Lívia era do interior de São Paulo, da linda Catanduva, e todos lá adoravam o Ari. Hoje em dia ele seria classificado como um "Tiozão de Festa" ou "Tiozão de Natal". Sempre, e em qualquer assunto ou circunstância, tinha uma história, uma piada ou um palpite a apresentar. Podia ser sobre física nuclear ou jogo de críquete.

Na outra ponta desta história, havia uma padaria na esquina da rua José Getúlio com a rua Saturno, que era um comércio bem tradicional. Estava do mesmo jeito desde a década de 1960. O proprietário, Seu José, era um lusitano dos mais pitorescos; não largava a caixa registradora por nada deste mundo. Comia sanduíche de frios com suco de laranja no horário do almoço, sem sair do caixa, e discutia com a clientela por centavos. À tarde, o seu filho o rendia. Porém, era muito educado e formal – apenas não gostava de brincadeiras e intimidades.

Eu calculei que o Seu Ari deveria passar, pelo menos, dez vezes por dia na padaria do Seu José. Eles se davam "quase" bem. O freguês era bom, consumia bastante, mas gostava de contar suas histórias e piadas, mesmo as de português em voz alta... e o proprietário fazia cara feia. Tudo ficava mais engraçado ainda, era um complemento das anedotas a fisionomia carrancuda do Seu José.

Certa feita, a família do Seu Ari voltou de Catanduva de um feriado prolongado. Na volta, um dos sobrinhos lhe deu um punhado de limão cravo. Existem quatro tipos de limão: o siciliano – também chamado de "limão verdadeiro", é o limão mais antigo do mundo e mais ácido que os outros tipos; o taiti – que é o mais comercializado no Brasil, tem a cor verde e é menos ácido e mais doce do que os outros; o galego – que tem o formato arredondado e a casca fina de cor verde-clara ou amarelada, este é o menor deles; e o limão cravo, também conhecido como limão caipira ou rosa, que é um híbrido de tangerina e limão. A casca é de cor alaranjada que se aproxima do vermelho; parece uma pequena laranja. O seu suco, também cor de laranja, é abundante, ácido, saboroso e com muita vitamina C. É muito requisitado para marinar carnes ou substituir o vinagre em saladas.

Uma marca registrada da família de Dona Lívia em Catanduva é uma caipirinha de limão cravo que é maravilhosa e especial, segundo o Seu Ari. Eles também tomam uma pinguinha com esse tipo de limão espremido (mas tem que ser o tal limão caipira), porém, essa variedade de limão não é encontrada facilmente nas grandes cidades – sua casca, com frequência é atacada por fungos que formam pontos pretos que não o tornam atrativo para a clientela, mas que não prejudicam o seu suculento sumo.

Assim, o Seu Ari chegou de viagem, descarregou toda a bagagem e foi até a padaria tomar uma branquinha com o limão cravo que estava em seu bolso.

– Seu José, boa tarde!

– Boa tarde, Suari – o luso juntou as vogais e com sua pronúncia aportuguesada deu: Suari!

– Acabei de chegar de viagem, fui lá pra Catanduva... como sempre, né?

– Fizeste boa viagem, Suari?

– Sim, graças a Deus tudo bem! Seu José, vou lhe avisar para não ter confusão: vou comprar uma dose de pinga e vou espremer nela um limão caipira que ganhei do meu sobrinho...

– Vais levar uma dose de pinga para viagem, Suari?

– Não, Seu José, eu vou comprar uma dose e tomar no balcão... mas antes vou espremer o limão que tenho no bolso dentro do copo.

– Ah! Mas assim não pode, Suari!

– Como não pode? Não posso espremer o meu limão caipira na tua cachaça?

– Na minha padaria não! Aqui os fregueses têm de consumir tudo o que estiver dentro da casa... não podem trazer as coisas de fora para comer ou beber aqui dentro. É regra da casa.

– Espera um pouco, Seu José! Sou freguês aqui há mais de vinte anos... O senhor não vai deixar eu usar o meu limão cravo que ganhei de um querido sobrinho?

– Suari, se eu abro um precedente para o senhor, pode ser muito perigoso. Os outros clientes podem querer trazer também as suas frutas nos bolsos, ou nas bolsas, já imaginou? Suari, no domingo tem feira. Já pensou as pessoas voltando da feira e trazendo seus próprios mamões, bananas, abacates... No caso das vitaminas, terei de cobrar apenas o copo de leite batido pois as frutas são do freguês!

– É mesmo né, Senhor José Carvalho Alvim? Daqui a pouco entrarão com um pacote de laranjas e pedirão para espremer em sua máquina, de graça! De fato, trata-se de um perigoso precedente!

– Ainda bem que o senhor compreendeu, Suari.

– Então vamos fazer o seguinte: pode cobrar uma dose de pinga com limão taiti espremido. Daí eu peço para o balconista economizar o limão da padaria, e usar este que eu trago no bolso. E pagarei pela dose com limão. Está justo assim, Seu José?

– Penso que sim, Suari. Pode ser, já que o senhor é um cliente da casa!

E ficaram todos felizes: Suari tomou a sua branquinha com limão caipira, Seu José não abriu nenhum perigoso precedente, e todos nós ganhamos mais uma história, a qual o Seu Ari contava, ali mesmo, no balcão da padaria (ele não iria deixar isso tão barato).

Em 2009, faleceu o Seu Ari. A padaria fechou as portas no ano seguinte. E eu me mudei da rua José Getúlio em 2013. Mas restaram as histórias, para matarmos um pouco a saudade de um tempo feliz que já passou. E essas histórias nunca morrem.

A internet e as crianças

Em 2001, a Marília tinha uns 8 e a Heloísa, 6 anos.

Novo século, novo milênio, novos hábitos. Um novo mundo se anunciava. Estávamos vivendo o início dos aplicativos de mensagem e bate-papos, era o "MSN Messenger", da Microsoft. Oh my God! Fazer o que, né?

A Marília, que sempre foi muito comunicativa e faladeira, logo entrou no MSN. A Heloísa era mais na dela, tranquila; porém, como toda caçula, seguia todos os passos da mais velha. Eu logo percebi que a Marília ficava muito tempo nessa «coisa» e rindo muito. Bem, não devia ser muito tempo, mas eu já implicava com a internet e com o celular.

A Rádio CBN e a Folha de S.Paulo me alertaram para os problemas que começavam a ocorrer com esse aplicativo, pois pedófilos se passavam por crianças e se aproximavam delas. Alguns até foram na saída das escolas encontrar as meninas e os meninos. Essa história me preocupou muito. Isso sempre preocupa os pais.

Psicólogos infantis e educadores orientaram para, com o devido cuidado, conversarmos com as crianças, explicando o que é pedofilia, sem entrar em detalhes (por óbvio!), e os cuidados que se devem tomar com os adultos estranhos. Não era uma tarefa fácil. Um assunto desses... E também não queria assustá-las.

Sábado à tarde, eu ficava com elas até o começo da noite, era a folga semanal da mãe. Pronto, era a oportunidade de tentar falar com elas paradas: no automóvel. Era o único lugar em que elas ficavam meia hora sentadas e quase quietas. Não tinham para onde fugir e podíamos conversar à vontade.

Quando estávamos saindo para passear, contornando o Parque da Aclimação, pela Rua Pedra Azul, passamos pelas duas escolas públicas da rua e me lembrei do assunto desagradável. Tentei explicar que o MSN, às vezes, é ruim e perigoso, pois existem adultos que cismam com crianças e só querem conversar e se encontrar com elas. E que elas só deviam conversar com as amigas e amigos da escola, e com quem elas já conheciam.

Eu não estava sendo muito feliz na minha explicação, e a Marília perguntou: "Mas qual o problema disso, por que é perigoso?" Eu tive de carregar mais nas tintas, já que o quadro não estava causando efeito algum.

– Esses adultos têm problemas sérios, muito graves de cabeça. Na verdade, são doentes. Eles se passam por criança no MSN para atrair vocês e... Imaginem um adulto que só quer falar com criança; não quer ter uma namorada adulta; não tem amigos adultos; enfim, passa o ano todo pensando só em criança!

A Heloísa, que ouvia quieta toda essa lenga-lenga, falou bem alto:

– Papai Noel?!?!?!?!?!

Quase bati o carro de tanto rir... E só aí percebi que o bom velhinho pode ter algum problema.

A reunião e o xeque-mate

O presidente da empresa XYZ marcou uma reunião com todos os diretores de área e supervisores para a próxima terça-feira às 15h, em ponto.

Exatamente naquele horário da terça, ele disse à sua secretária:

– Dona Expedita, agora ninguém mais entra. Esta reunião terá duração de uma hora. Por favor, não a interrompa. A não ser que me liguem o presidente da República ou o Papa!

Trancou a porta. Acomodou-se, e deu um tempo para que todos se sentassem. Fez, então, um pouco de suspense e falou com feição grave:

– Boa tarde a todos! Desliguem os celulares, notebooks e aparentados. Agora, coloquem os aparelhos nos bolsos, bolsas ou no espaço embaixo da mesa. Vamos fazer 60 minutos de completo silêncio! Ninguém vai falar, assobiar ou cantar nesse período. Quem tiver consigo algum livro de papel, pode ler. E-books, não! (Ninguém tinha, é óbvio).

Olhando no relógio disse: "Então, vamos começar!" Fez-se silêncio. Naquela sala de reunião, pela primeira vez, fez-se silêncio.

Espantados, cada funcionário ficou com seu próprio pensamento:

"Ele gosta de repetir: 'Lobo velho perde o pelo, mas não perde a manha!' O maganão está tramando alguma coisa! Vou ficar bem quieto."; "Deve ser algum tipo de teste que ele aprendeu nesses livros esquisitos de papel que ele anda carregando."; "Ele tá querendo cortar gente graúda, os que ganham mais... Eu conheço essa raposa velha há trinta anos..."; "Bem que me disseram que ele tinha enjoado desta empresa, não aguenta mais!"; "O velho sempre foi sádico... pra que deixar as pessoas uma hora sem celular?"; "Já sei, o chefe vai se aposentar e virar monge budista no Tibet. Ele está treinando meditação e nós somos seus primeiros discípulos!" Este último riu-se sozinho, mas rir podia.

O presidente olhou um por um demoradamente. E estava satisfeito, feliz e aliviado com o resultado. Respirou fundo e soltou o ar com enorme prazer. Aproximou sua cadeira da linda parede de vidro e ficou observando a cidade. De tempos em tempos, virava-se para ver seus funcionários. "Silêncio... enfim... O silêncio que eu desejava tanto! Que delícia! Que gostoso! Nesta sala, estão todos aqueles que ficam me ligando o dia inteiro. Xeque-mate, meus amigos!" Pensou ele, sorrindo.

Para sua sorte, nem o presidente da República, nem o Papa ligaram, e assim passaram-se os 60 minutos perfeitos, os mais felizes em seus trinta e sete anos de companhia. Quanto aos diretores e supervisores, todos sobreviveram – apesar de alguns terem sentido sintomas de abstinência digital.

– Senhoras e senhores – disse no final – a próxima reunião geral será na semana que vem, no mesmo dia e horário. Com as mesmas regras. Aqueles que quiserem, podem trazer um livro de papel ou caderno com caneta para escrever; revistas, jornais e afins, não! Obrigado pelo empenho e pela perfeita colaboração de todos, e até a nossa próxima Reunião Geral, que espero, seja tão bem-sucedida quanto essa.

Gastão de Castro, meu pai

Meu pai se chamava Francisco Gastão Luppi de Castro; era conhecido como Gastão de Castro ou apenas Gastão. Nasceu em 18 de junho de 1935, numa casa da Rua Apeninos, no bairro da Aclimação, em São Paulo. Ainda criança mudou-se para a casa de número 398 da Rua Safira, no mesmo bairro. Dessa casa ele se mudaria apenas em 1978, para a vizinha de número 408 – local em que faleceu em 27 de maio de 2009, dormindo, e com um suave sorriso no rosto. Teve uma vida plena e feliz.

Dentre as coisas que eu admirava em meu pai, a principal foi a de nunca ter reclamado de sua infância solitária e de não ter usado isso como desculpa para algum erro ou falta sua.

Seu pai, Manoel Dias de Castro, era investigador da Polícia Civil, tendo sido chefe dos investigadores da Delegacia de Costumes da Capital de São Paulo, por várias décadas. Dessa forma, meu avô sempre trabalhou à noite. Também era ótimo jogador de bridge

– um difícil e cerebral jogo de cartas. Sua mãe, Maria Elisa Luppi de Castro, não saía de casa. E meu pai se acostumou com isso, sem drama.

O irmão, Francisco Abner Luppi de Castro, era onze anos mais velho e tinha várias atividades: lia muito, estudou Direito e se tornou advogado. Era um exímio jogador de xadrez; meu pai tinha um livro sobre táticas de xadrez em que o autor ensinava a "Abertura Abner de Castro". O Tio Abner faleceu muito novo, aos 37 anos.

Assim, a infância de meu pai foi com a minha avó dentro de casa, meu avô dormindo de dia, o irmão estudando ou jogando xadrez e... só. Repito: nunca, nunca vi meu pai reclamar disso! Admirava o pai e o irmão, e tinha um carinho enorme pela mãe, a qual passou seus últimos anos conosco, na rua Safira. A minha irmã caçula, a Guga, estudava ensinando a matéria para a Vó Elisa – ela era a professora, e a vó, a aluna.

Ele se virou do jeito que deu: de manhã, ia para o Colégio Santo Agostinho; voltava para casa e almoçava. A partir dali era por sua própria conta... a mãe não lhe exigia nada. Ele fazia sozinho suas lições de casa e ia para a rua. A Safira foi o seu segundo lar; ali conheceu o Sérgio, a Leninha, o Rony, entre outros amigos que formavam uma família para ele. O Sérgio e a Leninha se casaram e foram amigos por toda a vida. O Rony também foi um grande amigo, mas faleceu antes dos quarenta anos.

Ele dizia que seguia o ritmo dos amigos: quando as mães mandavam as crianças entrarem para tomar banho e jantarem, ele voltava pra casa e tomava banho. Nos fins de semana, quando as mães mandavam se lavar para o almoço, ele se lavava e ia almoçar em sua casa, e assim ia. Quando levavam bronca de algum pai ou mãe pelas peraltices feitas, ele aceitava a reprimenda para ele também, e desse modo foi crescendo.

Em sua casa, na infância, não havia Carnaval, nem Páscoa e nem Natal. Também não havia festa de aniversário. Ele recebia do pai os ovos de páscoa e os presentes no Natal e no aniversário, mas não havia festas, enfeites nem explicações sobre as datas. Páscoas e Natais eles passavam na casa de seus avós maternos, que era bem grande. Lá ele era bem paparicado, ganhava mais presentes e adorava todo mundo.

Quando era adolescente, seu pai se separou da sua mãe e foi morar no centro da cidade com sua segunda esposa – a Magda (uma pessoa maravilhosa). A casa da Safira continuou para os dois – meu pai e minha avó. Meu avô nunca deixou faltar nada: pagava os aluguéis, a mensalidade do colégio e fazia as compras. E sempre tratou minha avó com muito respeito e atenção.

Em 1961, a Magda e o Vô Maneco, apelido de meu avô, deram uma irmã ao meu pai – a Vera Lya Castro, a qual o meu pai amou muito e tiveram forte ligação afetiva durante toda a vida.

O seu irmão Abner casou-se aos 24 anos com a Tia Marina, da família Bedê. A família Bedê iria transformar a vida de meu pai. A Marina tinha seis irmãos – quatro irmãs e dois irmãos. O Gastão ficaria amigo de todos eles, sem exceção.

Na festa de casamento de Abner e Marina, o Gastão tinha 13 anos, a mesma idade da irmã caçula da noiva – a Railda. Na festa de casamento, a Railda disse à Emilinha, sua irmã um ano mais velha, que iria se casar com o Gastão, mas que não era pra ela não falar nada agora... que deixasse o Gastão crescer.

A linda e alegre família Bedê morava em Itápolis, interior de São Paulo. Era formada por: Elias Ferreira Bedê, Emília Castanheira Bedê e os filhos Maria Teresinha (1925), Marina (27), Arlete (29), Francisco de Paula (31), Luís Sebastião (33), Emília (34) e Railda – nascida em 1935.

O pai do Gastão tinha um irmão, tio Mário, que tinha uma chácara em Itápolis – tinha sido lá que Abner e Marina se conheceram. Assim, o Gastão começou a passar suas férias em Itápolis ficando quase o tempo todo com os Bedês.

A casa dos Bedês era o oposto da sua: vivia cheia de filhos e amigos. À noite havia saraus com a Vó Emília tocando violão e cantando junto com os filhos, e o Vô Elias declamando poesia. Tudo aquilo era um sonho para o Gastão; uma perspectiva de vida que ele nunca imaginou que existisse – essa cena ficaria gravada em sua alma para sempre.

Todos os Bedês gostaram do Gastão; ele era um pouco mais novo que o Luís e o Chiquinho, mas jogava futebol com eles, brincava na rua e se virava do jeito que dava pois não conhecia aquelas brincadeiras de rua do interior. Mas o Gastão sempre teve espírito esportivo.

Certa manhã, os jovens da família Bedê o levaram para um rio. Lá o Gastão teve de confessar que não sabia nadar, na verdade nunca tinha entrado numa piscina. O Chiquinho achou bonita a sinceridade do Gastão e disse para ele não sair do raso, pois aquele rio tinha correnteza e era perigoso. O Tio Chiquinho era o que nadava melhor; ele era, de fato, um atleta e jogou polo aquático em alguns clubes de São Paulo quando lá foi morar.

O Gastão teve algumas namoradas em São Paulo, mas nada sério. Quando tinham 20 anos, se declarou para a Railda... um ano mais tarde, se casaram – ambos com 21 anos. O casamento religioso foi em 9 de fevereiro de 1957 (e o civil, em 7 de fevereiro).

Naquela altura, a Railda já tinha perdido o pai e a mãe, e morava com os irmãos em São Paulo. Esse fato só aproximou os dois. Quando começaram a namorar, tinham 20 anos e perceberam que não havia razão para esperar mais: os dois já tinham certeza do grande amor que nutriam um pelo outro.

O Gastão estava cursando a faculdade de Direito no Mackenzie, tendo participado da primeira turma daquele curso. Eu tive o prazer de visitar aquela Faculdade, na Rua Maria Antônia, e vi a foto dos formandos da primeira turma num belo quadro logo na entrada. Foi fácil encontrar o meu pai entre os estudantes – ele se destacava por ser o mais «bonitão» de todos (pelo menos aos meus olhos...).

Meu pai prestou concurso para Investigador de Polícia Civil para se sustentar naquela fase de estudante, mas o seu grande sonho era ser Procurador do Estado de São Paulo. Em 1959, ano de meu nascimento, ele se formou em Direito.

Ele dizia que Martinho da Vila tinha se inspirado na vida dele para compor o samba "O Pequeno Burguês", pois retrata exatamente tudo o que ele passou, inclusive a parte da formatura: "Mas felizmente consegui me formar / Mas da minha formatura / Não cheguei participar / Faltou dinheiro pra beca / E também pro meu anel / Nem o diretor careca / Entregou o meu papel / O meu papel / meu canudo de papel / O meu papel / meu canudo de papel"

No começo da década de 1960, as coisas começaram a melhorar para o Gastão e a Railda. Em 1962, nasceu o terceiro filho, o Gatoca. Foi também nesta época que o Gastão, o Augusto e um administrador de empresas fizeram uma sociedade, a "Rubi Incorporadora e Administradora de Imóveis".

O Augusto também era advogado e tinha a idade de meu pai, foi um grande amigo dele. Os dois passaram juntos no concurso de Procurador do Estado de São Paulo e a Rubi estava indo bem.

Nessa época, meu pai estava guardando dinheiro para comprar a casa da Rua Safira, e eu me lembro que tínhamos um telefone preto pesadão, daqueles que hoje vemos nos filmes noir ou de gângsteres.

Eu me recordo bem do escritório da Rubi, na Rua Benjamin Constant, no Centro de São Paulo. Devia ter uns seis ou sete anos de idade.

Mas em 1966, o sócio que era o administrador e que cuidava das finanças da Rubi traiu os outros dois e fugiu para o Rio de Janeiro com todo o dinheiro da empresa. Foi-se embora a poupança para comprar a casa e até o telefone preto de gângster sumiu. Meu pai e o Augusto herdaram uma grande dívida e tentaram pagá-la. Foi um enorme tombo, mas o Gastão tinha a Railda, e a partir desse caso, a esposa passou a ser sua conselheira, e eles enfrentaram juntos todos os problemas que tiveram na vida, sempre juntos.

Infelizmente, o Augusto faleceu muito novo, com trinta e poucos anos, ficando o meu pai com o dever de pagar o restante dos débitos sozinho; e aos poucos foi quitando tudo.

Eu, na verdade, não sei quantos anos ele passou para resolver todas as obrigações. Ele não gostava de falar desse assunto – principalmente por causa do seu amigo Augusto. Era-lhe uma história muito triste. Eu calculo que tenha levado de 1966 a 1972. Mas liquidou tudo. Como presente para todos nós, comprou o seu primeiro automóvel em 1973: uma Variant azul – a "Joana", a qual nós amávamos. Meu irmão e eu a lavávamos toda semana, entrávamos nela e sentíamos como se estivéssemos no mais luxuoso cadillac do mundo. Depois, o telefone voltou e nós pudemos fazer a primeira viagem os seis juntos com o próprio carro: fomos para Itápolis na casa do Tio Mário. Foi uma aventura inesquecível.

O bonito é que o Gastão foi um pai maravilhoso, sem ter passado pela experiência de uma família alegre, unida e feliz. É claro, tinha a Railda – sua grande parceira. Assim, ele foi improvisando suas brincadeiras de: lobo, tubarão, "sabão ball" (em dias de chuva de verão) e gol a gol no quintal, entre outras invenções. Todas as datas comemorativas eram deliciosas lá em casa.

No Carnaval, tirávamos os tapetes e enchíamos a casa de confete e serpentina; havia umas máscaras enormes que eram penduradas nas paredes. Eram assim os quatro dias de folia, e a nossa casa virava um permanente salão de carnaval.

Na Páscoa, meus pais escondiam aqueles ovinhos coloridos e pequenos da Kopenhagen por toda a casa... e passávamos horas procurando. Fazíamos, também, uma noite de Festa de São João; o meu pai comprava vários tipos de fogos de artifício e soltávamos no quintal com muito cuidado e segurança.

Mas o Natal era a data máxima de alegria e felicidade... e tudo foi inventado pelos dois: Gastão e Railda. Eles criaram uma série de hábitos que nós adorávamos e incorporamos em nossas vidas.

Mas, enfim, o Gastão aprendeu a nadar ou não? O Gastão aprendeu a nadar na década de 1960, depois que entramos de sócios num clube em São Paulo; e aprendeu a nadar com os seus filhos. Ele perguntava algumas coisas e íamos falando para ele o que fazíamos e dávamos algumas dicas de como mexer as pernas e os braços. Aprendeu a nadar com os seus quatro filhos: Nê, Frans, Gatoca e Guga. Só não conseguiu aprender bem a dar "ponta" ao mergulhar... seu estilo era mais uma clássica "concha" – também conhecida popularmente como "barrigada". Enquanto isso, minha mãe assistia de uma cadeira de piscina suas cinco crianças, digo, seus quatro filhos e seu marido brincando juntos e felizes...

Assim meu pai reviveu, e viveu, a sua infância na de seus filhos, sem nunca desprezar aquela com sua mãe em casa, o pai trabalhando à noite e o irmão, onze anos mais velho.

O crime de Dona Santinha

à Dona Santinha

Dona Santinha era uma senhora de 63 anos que amava as pessoas e a vida. Ficou viúva muito jovem, aos vinte e oito, e tinha uma filha de apenas dois anos. Seu marido, o Cardoso, era funcionário concursado do Banco do Brasil, no começo de promissora carreira. Cardoso foi a única vítima fatal de um violento assalto a uma agência no bairro de Santana, cidade de São Paulo.

D. Santinha se chamava: Noêmia Ferreira Cardoso, tendo se dedicado a criar da melhor maneira possível sua grande bênção (como chamava a sua filha, Ivana). Revelou ter um coração piedoso e pleno de amor a Deus. Não se revoltou com a sua sina e não se deixou consumir pelo ódio, respondendo com a caridade o grande sofrimento pelo qual passara.

Ivana era ótima filha e aluna. Formou-se em enfermagem e logo começou a ganhar o seu próprio dinheiro. Sem problemas financeiros, pois era mulher de hábitos frugais, Dona Santinha vivia para ajudar o próximo. Era voluntária na paróquia, no orfanato e na escola pública do bairro, onde dava aulas de reforço para os alunos com mais dificuldades de aprendizado e para os mais inquietos e indisciplinados. Nunca se zangou com uma criança, daí o seu apelido – Dona Santinha.

Tudo transcorria de maneira pacífica (até monótona) para ela quando numa terça-feira às vésperas do Natal, na Estação Santana do Metrô fervilhando de gente e de calor, D. Santinha viu um rapaz tirar o celular do bolso de uma jovem bem à sua frente. Ela tentou chamar a moça, mas a jovem, apressada, não a ouviu. O rapaz se assustou com Dona Santinha e saiu rápido em outra direção, deixando cair o celular no chão. A boa mulher abaixou-se para pegar o aparelho e, nesse exato momento, teve uma violenta crise de hérnia de disco – seu único problema de saúde.

Com o celular na mão, D. Santinha caiu no chão gritando de dor (quem já teve crise aguda de hérnia de disco sabe bem o que é isso). Um homem, apiedado, colocou o celular na bolsa dela e a fechou. Depois, foi correndo chamar os seguranças do Metrô. Chamou-os, apontou onde ela estava e foi trabalhar, porquanto tinha um compromisso de trabalho. Ao mesmo tempo em que isso transcorria, a jovem furtada estava chorando e relatando o ocorrido aos mesmos funcionários. Os dois seguranças disseram à moça, chamada Maria Júlia, que iriam atender a idosa em primeiro lugar, pois assim determinava o protocolo deles. A moça, bastante alterada, foi atrás deles inconformada com o furto (era um smartphone recém-adquirido). Maria Júlia era ótima pessoa e de boa índole, e assim que viu o sofrimento daquela senhora, pôs-se a ajudar.

D. Santinha não conseguia pensar direito, pois a crise era forte e continuada. Nesse ínterim toca um celular com a música preferida de Maria Júlia – um rock do Queen. Ela então conta aos seguranças que aquele era o toque do seu celular. Os homens, atordoados, perceberam que o som vinha da bolsa fechada da idosa. Depois de alguma indecisão, eles abriram a bolsa e atenderam o celular, certificando-se de que o aparelho era mesmo da jovem.

A maca chegou e levou D. Santinha para o hospital, mas eles pediram para a Maria Júlia acompanhá-los para anotar no Livro de Ocorrências da Estação todo esse mistifório. Não teve jeito, o furto foi registrado na delegacia do bairro e o caso tramitou como os demais.

D. Santinha foi operada (eram duas hérnias de disco) e teve uma longa recuperação, precisando fazer muita fisioterapia.

Nessa história toda, o mais difícil é narrar um crime sem vilão ou vilões. É muito bom ter alguém para você poder descarregar toda a raiva do mundo. O rapaz que furtou... bem... esse é mais vítima do que algoz – que futuro tem um ladrão de celular? Que vida é essa?).

O investigador, o delegado, o promotor público e o juiz não tiveram outra alternativa senão cumprir a lei e condená-la por furto. A ré se lembrava apenas da violenta dor que sentira, e tão somente isso ficou marcado em sua memória daquele fatídico dia. E as câmeras do Metrô não pegaram os detalhes daquela confusão. Foi sentenciada, e sua pena convertida em prestação de serviços à comunidade, pois era primária. Nenhum problema pra ela, pois já prestava trabalhos voluntários e comunitários há décadas – parecia mais uma brincadeira do destino.

Em sua vida sem grandes emoções e acontecimentos, Dona Santinha adorava contar essa sua passagem pela polícia, a qual ela mesmo chamava de: “O Crime de Dona Santinha!”. E ria muito ao dizer que agora tinha o nome na “capivara” – jargão policial para a folha de antecedentes criminais de uma pessoa. Assim, não podia cometer nenhum outro furto ou crime, pois não era mais primária e, portanto, poderia ser presa. Esse foi o seu aprendizado de Direito Penal fruto dos “tempos de crime”.

Mas, mesmo sendo ficha suja, Dona Santinha não perdeu o apelido.

O trator de João

João Mantovani foi o melhor tratorista de Santo Antônio do Jardim-SP e redondezas. Tornaram-se famosas algumas de suas façanhas: salvamento de vacas, bois e porcos nos charcos; desatolamento de caminhões e carros; retirada de árvores caídas em estradas e em outros lugares de difícil acesso etc.

Trabalhou cinquenta e cinco anos nas fazendas da região, a maior parte do tempo na Fazenda Santa Luzia, da tradicional família paulista dos "Azevedo". Ele já trabalhava na Fazenda Santa Luzia, quando compraram o trator MF 50 X – conhecido popularmente no interior do Brasil como "Cinquentinha". Foi fabricado pela multinacional Massey Ferguson, a qual se instalara no Brasil no final da década de 1950, aproveitando o plano de expansão do presidente Juscelino Kubitschek. O nome MF 50 X homenageou o slogan "50 anos de progresso em 5 anos de governo". Era um modelo de 1963, e o jovem João, até então um simples vaqueiro, se apaixonou pela máquina à primeira vista. Principalmente por causa de sua cor: vermelho carmim.

Quando o trator chegou à propriedade, João se aproximou dele, passou a mão na carroceria e falou baixinho: "Não fale pra ninguém, mas eu vou te dirigir e cuidar de você. E seu nome será Matilde!" Ele dizia que era a sua linda máquina, a "sua menina".

João não perdeu tempo e, com 21 anos, tirou sua Carteira Nacional de Habilitação – Categoria "C", aquela que permite conduzir veículos de carga, não articulados, com mais de 3,5 toneladas de peso bruto total.

O trator estava sendo dirigido pelo motorista de caminhão Dito Camargo, rapaz esperto, mas pouco prudente – para ele era só mais uma obrigação, só mais um trabalho. Não demorou para que caísse com o veículo num fosso que não conseguia sair, quebrando a ponta do eixo dianteiro. Um trator da fazenda vizinha teve de ajudar para tirar do buraco.

A Matilde, com apenas sete meses na fazenda, foi para a revisão na fábrica. Nesse meio tempo, o capataz perguntou se alguém estava habilitado a dirigir trator e se gostaria de assumir a máquina. A empresa fabricante do trator havia oferecido um pequeno curso na própria Massey Ferguson. João, todo orgulhoso, mostrou na hora sua CNH – Categoria "C" e se prontificou a ir para o curso a qualquer tempo. A partir dali,

Matilde era dele. E ele aprendeu até a fazer pequenos consertos na sua máquina.

A Fazenda adquiriu um outro trator igual ao primeiro, pois perceberam que não dava para ficar com um só, e depender sempre da boa vontade do vizinho. Mas, João ficou com exclusividade da Matilde – só quando ela ia para manutenção, ele conduzia o outro trator.

Em 2007, a Fazenda Santa Luzia já tinha quatro tratores novos, bem maiores e mais pesados. Mas Matilde ainda estava funcionado – graças às guaribadas e jeitinhos que João foi dando na "sua menina". Mas, chegara a hora dos dois se aposentarem. O administrador da fazenda, seu Salviano, um homem exigente, mas muito justo com os funcionários, que o chamavam de "capataz" só mesmo por costume na região. Quando saiu sua aposentadoria, o capataz deu os parabéns para o Seu João e disse a ele – com boas intenções – que se ele quisesse matar a saudade da Matilde, era só aparecer e passear um pouco com ela. Os outros vaqueiros acharam que era brincadeira e deram muita risada com aquilo: "Ora, agora na vida boa, na pescaria... vai querê vortá aqui pra passeá de trator?" – riram eles.

João morava na linda e pequena cidade de Santo Antônio do Jardim com sua esposa, a Dona Cotinha, e seus três filhos – Aymar, Miriam e Sílvia. Em 2008, Aymar, o seu filho mais velho, passou no vestibular da faculdade de Veterinária da Unesp, em Botucatu-SP.

Foi a maior alegria de sua vida e de sua família. Mais tarde, a Miriam estudaria Biologia e a Silvia, Letras. Seus três filhos eram estudiosos e inteligentes, eram filhos exemplares. O que mais poderia esperar um homem simples?

Mas, como o ser humano não é uma equação matemática... seu João não era plenamente feliz. Sentia falta da Matilde, de rodar por aí um pouco com ela e até de fazer pequenos trabalhos... nem que fosse sem ganhar nada! Mas tinha vergonha de falar isso até para a sua fiel companheira.

Dona Cotinha já estava preocupada com o silêncio do marido, que parecia um pouco triste e melancólico. Ele falava pouco e nos churrascos da família não contava mais os causos de trator... Também, eram sempre os mesmos e não tinham a graça e "inventividade" dos causos de seu cunhado, que ia sempre aumentando e mudando as peripécias de suas caçadas e pescarias. Afinal: o que uma história de trator pode ter de interessante?

Em 2012, Aymar já estava no último ano e procurava um local para estagiar no ano seguinte. Seu João ficou de falar com Salviano, pois a Fazenda estava com um enorme rebanho bovino, mas nunca tomava a iniciativa... Até que, numa sexta-feira chuvosa, daquele ano, ocorreu um fato inesperado.

Eram três da tarde e toca o telefone. Dona Cotinha atende e chama o marido: "João, o Salviano quer falar com você, é urgente!"

– Diga Salviano, o que foi?

– Desculpe te incomodar... mas precisamos de sua ajuda. Um novilho de raça do Dr. Azevedo está atolado no charco, aquele mesmo de onde você já tirou vários bichos. Um trator novo foi chegar perto do lodaçal, mas também atolou... Pensei em você, pois a sua Matilde ainda funciona e é bem mais leve do que os outros tratores... talvez vocês consigam tirar o touro.

– Vou pedir pro Aymar me levar até aí... ele está em férias da faculdade. Já tô indo.

Seu João mandou a Sílvia achar o Aymar na casa dos amigos ou nos bares... (Caçula é pra essas coisas!). Quando Aymar chegou, Seu João já estava pronto. E disse ao filho simplesmente: "Vamo logo!"

– Também quero ir, disse a Sílvia (caçula também faz isso!).

E os três saíram embaixo de forte chuva para a Fazenda Santa Luzia. No caminho, seu João não abriu a boca. Estava concentrado. Era hora de jogo!

Lá chegando, Salviano foi recebê-los:

– Seu João, que bom que você veio. O touro já está lá há muito tempo... está bem cansado! Vamos pegar a Matilde.

Depois que subiu no trator, João ligou o motor e se emocionou... Mas, como bom caipira, disfarçou:

– Salviano, eu queria que você fosse junto comigo, de copiloto sentado no para-lama, pra me ajudá. Diga pro Aymar me seguir, por favor! Então... vamo!

Os outros tratoristas até tinham tentado dirigir a Matilde, mas as alavancas do câmbio de marcha já estavam alteradas, não havia mais a segunda marcha, dessa forma da primeira passava-se para a terceira. João improvisara com as peças restantes do outro trator (que agora só servia de reposição para a Matilde). Só ele conhecia a sequência das marchas; a marcha-ré, por exemplo, era a mais difícil de ser engatada.

João deu a ré como se dirigisse a Matilde todos os dias, sem qualquer solavanco. Foram para a área em que o marruá estava atolado. A chuva tinha amainado e logo viram o trator novo – grande e bonito – com as quatro rodas enfiadas na lama à beira do brejo.

Quando passaram pelo Dr. Azevedo, o cumprimentaram e João disse: "Doutô, depois nóis conversa. Vou tirá esse touro primeiro!".

No charco, fizeram a manobra para deixar o trator com a traseira para o novilho. Alguns boiadeiros prenderam uma corda na Matilde e outra em volta do corpo do animal, no momento em que João se vira para Salviano e diz: "Tem muito homem aí parado, só olhando... Fala pra eles cavá embaixo dos pneu do trator atolado e colocá pedaços de pau bem grande pra dá atrito e ajudá a desatolá depois..."

Quando estava tudo pronto, João começou a acelerar a Matilde com a reduzida da primeira marcha. Nem o touro nem a Matilde se mexeram. O quadrúpede não se movimentava mais, pois estava extenuado de tentar sair dali.

Aymar, Sílvia, Dr. Azevedo, funcionários e curiosos... todos ficaram assistindo ao salvamento. Matilde começou a esquentar de tanta aceleração; e Salviano perguntou se não era muito peso para um trator de 50 anos... Seu João fingiu que não ouviu, pois se Matilde tinha 50, ele já estava com 71 anos.

– Salviano, vou tentá virá pra um lado e pro outro... Pra frente não vai mesmo, e os pneu não encontra terra firme ou pedra... Vou de ré e pra frente no tranco... se segura aí que a Matilde vai pulá! Vai parecê que vamo virá, mas não vamo...

– Está bem, disse o capataz. Na verdade, não estava nada bem e ele não tinha entendido direito o que o Seu João quisera dizer... Entendeu, porém, que a situação estava muito delicada.

Seu João dava ré e acelerava para a frente com força, e para a esquerda, e depois para a direita, até se levantava um pouco do banco. A Matilde começou a "sair de lado para a direita", movimentava-se, mas só para o lado. E foi ladeando... andando de banda... Até que o trator começou a se inclinar muito, assim Salviano avisou o Seu João: "Acho que vai virar... tá quase virando..."

– Salviano, se a Matilde virá, você dá um pulo grande, entendeu? O chefe aqui no trator sou eu... tá certo?

– Mas e você?

– Eu viro junto com ela, mas tô em cima, não tem perigo. Você tá no para-lama... é perigoso ela virá como um peão e te pegá em cheio! Entendeu?

– Certo! Na hora que você gritar, eu pulo...

Começou a sair um cheiro de queimado do motor da Matilde, quando Salviano foi falar algo, e o tratorista interrompeu: "Ela aguenta... tem coração forte! Se eu desacelerá, ela afunda e não sai mais do lugar!"

O pneu direito-traseiro tinha encontrado uma pedra ou terreno mais firme e o trator andou um pouco, de lado, mas andou. O touro sentiu o solavanco e parece ter despertado... e tentou um último esforço também!

– Seu João, andamos um pouco... Parece que agora tá indo...

De fato, mantendo a aceleração bem alta, a Matilde foi avançando em diagonal e o novilho começou a sair do atoleiro. Vaqueiros já estavam na beira do brejo para passarem a corda no pescoço do animal quando ele saísse de lá. O bicho saiu, andando bem devagar e de cabeça baixa... Assim, foi fácil conduzi-lo até o curral.

João disse ao Salviano: "Vamo agora desatolá o Bonitão!" E riu sozinho do que dissera. Salviano perguntou se não seria melhor deixar a Matilde esfriar um pouco. Ele respondeu que "a Matilde tem sangue de matuto: gosta de trabalhá no quente mesmo! Depois, ela vai precisá de uma revisão geral; agora é melhor só desligá na garagem.".

Os boiadeiros gritavam e aplaudiam o trio: Matilde, Seu João e Salviano – de copiloto.

Desatolaram "o Bonitão" e voltaram para a garagem dos tratores. Vitoriosos! Matilde caminhou lenta, porém, firme, para o seu merecido descanso. A molecada corria em volta numa alegre algaravia; e seu João estava feliz como há muito não ficava.

Aymar e Sílvia mal conseguiam disfarçar o orgulho no pai.

Ao descer da Matilde, na garagem, o Dr. Azevedo disse a ele: "Seu João, você é o melhor tratorista que eu conheci, meu pai já me dizia isso! No sábado vamos fazer um churrasco pra comemorar esse salvamento. Venha com toda a sua família."

No churrasco de sábado, Dr. Azevedo convidou o Seu João para dar umas voltas na Matilde quando quisesse. Primeiro, ela passaria por uma revisão e consertariam aquele câmbio de marchas. Disse ainda que sempre gostou daquele trator – o primeiro que seu pai comprara. "Uma verdadeira relíquia! Um 'Cinquentinha' vermelho de coração caipira; e valente como só ele!"

Seu João agradeceu e se colocou à disposição para futuros salvamentos, e também para orientar a rapaziada nos desatolamentos futuros, “modéstia à parte, né Doutô?”.

Aymar se formou, foi estagiar e, depois, trabalhar como veterinário efetivo na Fazenda Santa Luzia. Miriam, a filha do meio, foi uma notável pesquisadora de genética molecular da Universidade de São Paulo. E, Silvia – a caçula – prestou concurso no Tribunal Regional Eleitoral de São Paulo e escrevia crônicas e contos como seu passatempo favorito. Um deles se chama *O Trator de João*, no qual conta toda essa história de seu querido pai.

Bluetooth e o franguinho na panela

Estou em Santo Antônio do Jardim, pequena cidade do interior de São Paulo, com 6 mil habitantes, tentando fugir do novo coronavírus em 2021.

Sou do grupo de risco: 61 anos, hipertenso, cardiopata (coloquei dois stents) e tive uma Sepse com SRAG (Síndrome Respiratória Aguda Grave), que me deixou com uma fibrose pulmonar. Dessa forma, seria melhor eu não encontrar com esse tal de Sars-cov-2 por aí!

A Valéria, a Filó (nossa cachorrinha) e eu saímos pelo Jardim para fazermos umas compras: supermercado, mercearia, farmácia... (vocês sabem, a velha e inescapável "lida diária" – que também tem a sua poesia). Na mercearia, a Filó e eu ficamos no carro ouvindo a Rádio Prata FM – que toca a melhor música caipira do Brasil. E Valéria entrou no Empório Santa Lúcia.

A Filó e eu estávamos ouvindo "Franguinho na Panela", um clássico sertanejo gravado por várias duplas caipiras. Minha gravação preferida é com os veteranos "Craveiro e Cravinho"; de uma música singela que apresenta um pai falando sobre a sua própria família e seu pequeno sítio. Diz uma estrofe:

"Eu tenho um burrinho preto bão de arado e bão de sela / Pro leitinho das crianças, a vaquinha Cinderela / Galinhada no terreiro e um papagaio tagarela / Eu ando de qualquer jeito, de botina ou de chinela / Se na roça a fome aperta, vou apertando a fivela / Mas lá no meu ranchinho, a mulher e os filhinhos / Têm franguinho na panela."

Assim, eu estava num clima totalmente caboclo, numa pequena cidade interiorana quando toca um telefone. Levo um susto, pois não tenho e não gosto de celular, e a Valéria tinha descido com o dela. Então... de onde será que vem esse bendito toque de telefone a me tirar a concentração do "Franguinho na Panela"?

Olho de soslaio com desconfiança para o rádio: embora tenha mais de um século de idade, é também fruto da tecnologia. De fato, no visor do aparelho tinha um quadrado com um número de celular escrito na tela; o final do número me lembrou o telefone da minha filha Heloísa, e embaixo um retângulo escrito "Aceitar". Sendo da minha filha, aceitei. E, nesse momento, a música parou de tocar e o rádio falou comigo, na voz da minha filha:

– Alô?

– Alô!

– Pai?

– É, respondo ainda ressabiado, pois nunca tinha falado com um rádio e não sabia direito o que estava acontecendo ali...

– Pai, você está ouvindo bem?

– Estou, filha, pode falar.

– Vocês vão passar na farmácia, né? Queria pedir para comprarem duas coisas pra mim.

Depois de anotar o que ela queria, digo:

– Heloísa, é a primeira vez que converso com um rádio na minha vida, pois a Valéria levou o celular... me diga uma coisa: isso tem a ver com aquela palavra inglesa que eu acho bonita, o tal do "Bluetooth"?

– Exato, pai. É a conexão sem fio da qual lhe falei, funciona usando uma frequência de rádio e está ligado ao celular da mamãe. Porém, para maiores informações, melhor você ver no Google.

(Acho bonita a sonoridade de algumas palavras da língua inglesa: Bluetooth, Spotify, sorrow, hope, hopeless, dark, darkness, tears, face, lullaby, sacrifice, power, paradise, black, eyes, father...).

Quando a Valéria voltou para o carro, eu falei pra ela na maior moral:

– A Heloísa me ligou por "Bluetooth" e pediu duas coisas da farmácia.

– Ligou por onde?

– Por "Bluetooth" para o rádio do carro, a gente pronuncia melhor essa palavra colocando a língua entre os dentes... Bluetooth é uma conexão sem fio, usando as ondas de rádio.

– Você falou com ela pelo rádio? É isso?, perguntou-me a Valéria.

– Sim, a Heloísa e eu conversamos por esse meio de comunicação sem fio.

(Confesso: eu não teria a paciência de ter casado comigo mesmo!).

O começo do século 21 tem sido assim: Bluetooth, Franguinho na Panela e coronavírus – tudo junto e misturado.

Uma palavra complicada

A Marília queria dar um ovo grande para cada tia, incluindo as moças que ajudavam na aula e no recreio. E queria ovos grandes: "Nada de ovinhos pequenos, mãe!" Ela estava com 4 ou 5 anos, e estudava na educação infantil da Escola Irmã Catarina, na Aclimação.

Valéria então perguntou para quantas pessoas ela queria dar os tais "ovos grandes". A Marília pensou um pouco e disse: "São cinco tias." A mãe estranhou a quantidade: "Puxa, cinco tias cuidam de você na escola?"

A estudante então enumerou as tias: "A, B, C, D e a tia Cristina." A Valéria estranhou a última citada e perguntou:

– Filha, o que faz a tia Cristina? Ela é outra Coordenadora?

– A tia Cristina conversa com a gente. Às vezes pede para desenhar a família, a casa... Ela olha o nosso desenho e fica pensando... E fala coisas bonitas. Ela é muito inteligente!

– Mas que estranho, filha...

– Ela é a PEPSICÓLOGA da escola, mãe!

Uns 3 ou 4 anos depois, já no Colégio Santo Agostinho, também na Aclimação, a professora do ensino fundamental perguntava para cada aluno a profissão que eles gostariam de ter no futuro, quando fossem adultos. Conforme costuma acontecer naquela idade, as meninas queriam ser professoras, cantoras, atrizes e astronautas. E os meninos: jogadores de futebol, engenheiros e... astronautas. (O Brasil só teve um astronauta em toda a sua história, mas todas as crianças do Brasil também querem ser astronautas!).

Quando chegou a vez da Marília responder qual profissão gostaria de ter, ela não teve dúvidas:

– Eu quero ser PSICOPATA!

A professora adorou, é claro, e na reunião seguinte de pais e mestres, chamou a Valéria de lado e contou essa história morrendo de rir.

A mente de uma criança é muito legal; a Marília realmente ficou impressionada com a "pepsicóloga" da primeira escola, a tia Cristina. Difícil mesmo era acertar o nome da profissão que ela queria seguir.

Pessoas que falam sozinhas

Neste início do século 21, as pessoas andam falando sozinhas pelas ruas, parques, shoppings, meios de transporte *et cetera*. Claro, não estão falando sozinhas ao vento, estão usando celulares com fones de ouvido e microfones (alguns mais modernos, sem fios), e o viva-voz nos automóveis. No futuro, outras tecnologias surgirão: implante dos fones dentro dos ouvidos das pessoas ou introdução de chips direto no cérebro do ser humano... coisas assim!

Dessa forma, mulheres e homens andam pela Avenida Paulista tão desinibidos e empolgados falando sozinhos, que eles devem achar que os outros em volta estão muito interessados no que dizem... Sentem-se num filme de Hollywood (como atores principais).

No metrô, então, você é obrigado a participar de reuniões de negócios, contato com clientes, longas narrativas de casos ocorridos no local de trabalho e até de discussões de casais. Certa vez, uma moça ao meu lado contava à amiga, pelo celular, que uma colega de trabalho tinha feito algo errado e fora demitida. Falava alto e descontraidamente; daí ela não conseguia se lembrar de uma palavra e começou a ficar angustiada. Eu percebi que o substantivo que ela esquecera era "rescisão", e eu disse a ela: "Desculpe-me interromper, mas acho que a palavra é 'rescisão'". A jovem me olhou sorrindo, agradeceu e continuou a conversar tranquilamente.

Isso me faz lembrar dos louquinhos do século passado, pois eles também andavam falando a sós pelas ruas, praças e avenidas. Alguns deles não só falavam, como brigavam com indivíduos invisíveis aos nossos olhos, não aos deles! E cada bairro tinha os seus próprios louquinhos. Na Aclimação da década de 1960, o mais temido pela criançada era o "Tum".

Ele nunca encostou a mão numa criança, mas nós morríamos de medo desse personagem e saíamos todos correndo em disparada quando o víamos. A única coisa que ele fazia quando via a meninada era gritar: "TUM!", bem alto.

No Tremembé, zona norte, tinha o "Bigoá" – de características semelhantes ao "Tum" e na mesma época. Ele, por sua vez, gritava: "Bigoá!", e a gurizada sumia.

Os bravos eram os mais populares e interessantes entre os carinhosamente chamados de: doidinhos, maluquinhos ou louquinhos. Eram mais facilmente encontrados nos centros das cidades grandes. Eles e elas olhavam para o infinito e ficavam xingando o "inimigo"; muito bravos e indignados.

Na década de 1980, eu trabalhei no Fórum João Mendes Júnior, no coração de São Paulo, e lá havia alguns doidinhos. Nós, os servidores do Tribunal de Justiça, tínhamos quarenta minutos de intervalo, então, descíamos em dois ou três colegas para andar um pouco e tomar um café expresso. A nossa maluquinha preferida era uma mulher robusta, de uns quarenta anos, que só xingava quem estivesse de terno e gravata. Era uma figuraça! Se você não estivesse de terno, ela nem te olhava. Mas era só passar um advogado, juiz e assemelhados, que ela começava a xingar com uma raiva indescritível. Nós que estávamos sempre à paisana, parávamos para assistir ao espetáculo. Talvez ela tivesse uma grande história por trás dessa agressividade toda. Nunca se soube.

Outro, também bem conhecido, xingava com fúria alguém do outro lado da rua ou da praça João Mendes, olhando sempre para o seu "inimigo imaginário". Ele tinha uma característica que deixava muita gente constrangida: era especialista em palavrões pornográficos e criativos. Dava um banho no Nelson Rodrigues e no Plínio Marcos.

Tinha também uma estrela: o "Dedé Maravilha". Ele era um rapaz homossexual que pegava um microfone de brinquedo e ficava cantando na porta dos estabelecimentos comerciais esperando o seu "cachê";

também atuava nos semáforos da região. Ele vinha sempre com roupas coloridas e brilhantes, parecia mesmo um grande artista. Esse jovem até que cantava bem e tinha um grande repertório de músicas decoradas, porém sua voz não era bonita. Ele chegou a participar de programas de calouros e de outros que exploram e humilham as pessoas humildes. Ele cantava, principalmente, as músicas gravadas por Roberto Carlos, Bethânia e Cauby Peixoto. O mais incrível é que ele ficou muito tempo nessa vida, pois na década de 2010 ele era "contratado" pelo sindicato dos servidores da Justiça Federal para animar as nossas históricas greves salariais.

Dedé Maravilha estava com a voz mais fraca, mas ainda a soltava como a verdadeira diva que se sentia ser, e era mesmo! Ele amava cantar, e nós o aplaudíamos muito; ele agradecia e mandava beijos à plateia como se fosse o próprio Cauby Peixoto.

Porém, hoje em dia, esse pessoal que fala sozinho, me causa um mau pressentimento, um presságio de que algo muito ruim virá por aí. Impressão essa que os antigos louquinhos não me causavam!

* Dedico esta crônica ao Tum, ao Bigoá, ao Dedé Maravilha e aos demais louquinhos.

Cachorro, pato e tarântula

à Lila

Esta não é uma crônica, é uma Reclamação! Não sei, ainda, em que local devo entregá-la nem para quem, mas quero reclamar muito e com veemência.

A questão é: por que o cachorro e o gato vivem só 14 anos, um pouco mais talvez, e o papagaio e a tartaruga vivem 70 anos? O que fazem de tão especial a ave e o quelônio, para a natureza presenteá-los com sete décadas de vida?

Está tudo errado! O cachorro e o gato deveriam viver mais!

Eu fiz uma pequena pesquisa no Google e fiquei mais contrariado ainda. Vejam as expectativas de vida de alguns bichos:

- águia – 50 a 65 anos;
- arara e coruja – 60 anos;
- avestruz e baleia – 40 anos;
- bicho-da-seda – 15 anos;
- tubarão – 20 a 30 anos;

- tarântula e escorpião – 25 anos;
- linguado – 7 a 20 anos (um simples peixe achatado e feioso vive até 20 anos?!);
- dragão-de-Komodo – 50 anos;
- jacaré – 30 a 50 anos;
- minhoca – até 16 anos.

Ah!, depois dessa chega; uma determinada espécie de minhoca pode viver 16 anos?

O pato é uma ave que pertence à família Anatidae; e é um dos poucos animais que anda, nada e voa com razoável competência. Também é um dos animais que consegue dormir com metade do cérebro e manter a outra metade atenta; espertinho, hein? É dotado de perfeito senso de direção e comunidade. O pato-mandarim – que é muito bonito – vive até 25 anos. O Pato Donald tem 90 anos, e está vivíssimo.

Já as tarântulas, apesar do tamanho (15 cm a 30 cm) e aspecto sinistro, não são perigosas para os humanos, porquanto não produzem toxinas nocivas. Elas têm pernas longas com duas garras nas pontas de cada uma e o corpo revestido de cerdas. A tarântula é nativa da Europa mediterrânea, e seu nome deriva da cidade portuária de Tarento, na Itália meridional. Durante muito tempo acreditou-se, no sul da Europa, que uma pessoa picada pela tarântula seria tomada de extrema melancolia e depressão, e poderia até morrer, caso não se entregasse a uma dança frenética – a Tarantela –

capaz de eliminar o "veneno" pela transpiração. Elas podem viver até 25 anos em cativeiro – muitas pessoas a adotam como "bichinho de estimação".

Bem... e daí? De que me adianta saber de tudo isso? Vida longa ao pato e à tarântula!

Já a nossa cachorrinha, a querida Lila – uma linda shih tzu, nos deixou aos 14 anos de idade, morreu de falência múltipla de órgãos. Velhinha... velhinha...

Quando eu entrei em depressão em 2010 (eu ainda não sabia da história da Tarantela), ela ficou o mês de julho inteiro ao meu lado. Eu passava o dia na cama, com ela ao meu lado, e saía de casa apenas para o nosso passeio diário. À noite, juntos. Enquanto eu tomava banho, ela esperava na porta. E eu tomava banho rápido para ver se ela ainda estava lá. Durante dois anos, eu só gostava de sair de casa se fosse para passear com a Lila pelo bairro da Aclimação. Parávamos na Padaria Marselha, eu comprava uma média com um sanduíche de queijo branco e dividíamos o queijo fraternalmente, como amigos que éramos.

Grandes amigos que éramos... Só quatorze anos? Quero reclamar!

Esta crônica não tem FIM!

A Autoajuda e o Ajuda-Auto

O título desta crônica não é um simples trocadilho, embora pareça ser. A Autoajuda e o Ajuda-Auto são assuntos sérios e circunspectos. E, portanto, não cabem aqui brincadeiras e chistes sem graça, pois seus escopos são ajudar as pessoas neste «grande vale de lágrimas» (nosso mundo).

O Ajuda-Auto (neologismo composto pela palavra "ajuda" mais o elemento "auto" – de "automóvel", "autódromo" e "autopista") é um programa de computador de Autoajuda desenvolvido no Vale do Silício, EUA, para fomentar e impactar a saúde mental e o "Mindset de Crescimento" dos moradores das grandes cidades mundiais.

A ideia é tão simples quanto genial, como são todos os grandes inventos. Depois que são realizados pelos seus criadores a gente se perquire: "Como foi que eu mesmo não pensei nisso antes?!"

O Ajuda-Auto apoia-se em três pilares (mainstays):

- Os livros, filmes, séries e frases em canecas de Autoajuda que são sucessos globais e muito lucrativos (o que também é importante, pois ninguém vive só de brisa);
- Os habitantes das metrópoles perdem horas no trânsito dentro dos mais variados meios de transporte;
- Ficar muito tempo no trânsito, acessado no Twitter ou no Instagram deprime os seres humanos. Nos dois últimos citados, você vê pessoas comendo, passeando ou viajando felizes, e só você se lascando!

"Nunca conheci quem tivesse levado porrada
Todos os meus conhecidos têm sido campeões em tudo."

(Poema em Linha Reta – Álvaro de Campos).

Assim, o único problema do mundo é você – não tenha dúvida disso! Aceite! O maravilhoso Ajuda--Auto abarca esses três tópicos. Você faz o download (baixar, em português) no computador de bordo de sua caranga, ou no próprio celular. E com ele você receberá mensagens lindas, emocionantes e motivacionais enquanto estiver preso no trânsito infernal de sua cidade.

Ele funciona com I. A. (Inteligência Artificial), algoritmos e um sofisticado sistema de voz – no qual você poderá escolher a voz que achar mais bonita e inspiradora, como por exemplo: a de Scarlett Johansson, Kristen Stewart, Adèle Exarchopoulos, Michelle Pfeiffer, Alec Baldwin, George Clooney, Matt Damon, Gregory Peck, seu cônjuge ou o presidente da República.

Você conversará com o computador, ou com o seu celular, como se estivesse na frente de um psicólogo ou um personal coaching. Para o Ajuda-Auto você contará seus maiores medos, traumas, inseguranças, fracassos e pisadas na bola (ninguém ouvirá isso, lembre-se!).

O programa – que você poderá dar um nome a fim de criar uma maior intimidade entre os dois – conversará com você e lhe dará exemplos de pessoas que se superaram e, ao invés de se abaterem com as mazelas da vida, venceram os desafios, tais como: Beethoven, Aleijadinho, Stephen Hawking e o Toninho Cerezo – este é um jogador de futebol que foi muito criticado quando o Brasil perdeu a Copa de 1982, porém, dez anos depois foi Bicampeão Mundial com o afamado São Paulo Futebol Clube, nos idos de 1992 e 1993.

Veja bem... em vez de você ficar com raiva do trânsito, você ficará jubiloso e satisfeito, porquanto no final da viagem, você estará muito melhor do que estava antes. Anime-se! Quanto mais trânsito, melhor!

Caso você dê sorte numa semana, e fique parado por dezenas de horas em seu carro, ônibus, trem ou metrô, você estará praticamente pronto para conquistar o mundo.

Por fim, o programa de Autoajuda "Ajuda-Auto" irá lhe transformar em um vencedor, ou quem sabe, em um promissor coach ou digital influencer (influenciador digital, em português).

Adquira logo o seu!

Os alpinistas

Tereza e Gérson estavam comemorando 33 anos de casamento. Era um simpático casal que tinha duas ótimas filhas – Marília e Heloísa. Fizeram, então, uma comemoração em alto estilo? Não, nada disso. Estávamos em 27 de fevereiro de 2021 e só aumentava o número de mortes e contágio pelo Sars-cov-2.

Como estavam em Santo Antônio do Jardim, tentando fugir da Covid-19, resolveram ir até Águas da Prata-SP, uma pequena Estância Hidromineral, a 35km do Jardim.

Completando a trupe: a caçula Heloísa e a Filó – cachorrinha de um ano e meio. As estradas ali são ótimas, não poderia haver passeio mais tranquilo e seguro do que aquele. Porém... com o Gérson nunca se podia ter certeza de muita calmaria.

Era uma tarde de sábado bem bonita, e a viagem foi rápida. Chegaram e foram direto para a "Casinha do Pão de Queijo", uma ótima casa de lanches com um terraço bem arejado. Comeram e foram dar uma volta cujo trajeto já era conhecido até pela Filó, pois já tinham feito várias vezes esse passeio.

Para a Tereza, era um alívio esses passeios mais tranquilos e sem emoções extras, uma vez que já tinham passado por vários "apertos" em viagens com e sem as meninas. Perigos em barcos e lanchas foram pelo menos dois grandes – Porto Seguro e Colômbia. O Gerson, com as meninas tiveram várias emoções: caminhadas em pedras de cachoeira (Itaipava-RJ); descidas de barrancos de terra ou areia; galopes a cavalo com uma perigosa queda da Marília (Campos do Jordão); Heloísa quase escorregando de um brinquedo de Chapéu Mexicano (Poços de Caldas-MG); susto em piscina da Heloísa (Brasília) e por aí vai. Sem falar em torções de tornozelo (Tereza); forte alergia depois de uma subida em árvore (Marília); infecções de ouvido por causa da água (as meninas); bicho geográfico (Gerson).

Tantas foram que Tereza fez o Gerson prometer que não iria inventar mais moda com as meninas. E ele disse que a única coisa que ficou faltando era pular de asa delta. A Tereza riu bastante com aquilo... até perceber que, de fato, ele e as filhas tinham planos de pular de paraglider do Pico do Gavião em Andradas-MG, que dista 12 km de Santo Antônio do Jardim-SP. Daquela vez, Tereza quase ficou viúva. E o Gérson prometeu que não inventaria mais nada com elas (esse é o ponto: "com elas").

Eles estavam caminhando num trecho de terra que é paralelo da avenida principal em Águas da Prata, quando viram pessoas na Pedra do Boi – um excelente local para iniciantes de alpinismo. Era só pegar uma trilha e andar um pouco para chegar no paredão. Resolveram dar uma olhada; na Pedra havia dois grupos de jovens praticando o alpinismo. Era bonito de se ver; todos ágeis e com várias moças nos grupos.

Gérson se animou. Lembrou-se que tinha gostado muito de fazer rapel quando fez o serviço militar obrigatório. Na verdade, foi uma das poucas coisas de que gostou no Exército. E quis chegar mais próximo dos jovens; Tereza já ligou o "sensor de perigo", tal qual o Robô B9 de "Perdidos no Espaço": Perigo! Perigo!

– Aonde você vai, Gérson?

– É que eu queria chegar mais perto... pra ver melhor.

– Ah não... não inventa vai!

– Só quero subir nesse barranco, pois não consigo ver a chegada no topo.

– Mas... até em Águas da Prata tem que ter emoção?

– Vou só subir aqui...

E Gérson subiu num barranco para ver a chegada dos jovens no topo da Pedra do Boi. Nisso, um deles escorregou e caiu... Calma gente! Eles sobem com cordas de segurança e bastante proteção. A corda o segurou bem e ele tentou voltar para a rocha. Porém, quando o jovem escorregou, Gérson levou um susto e deu um passo para o lado... e aí, também ele escorregou e caiu direto daquele barranco que tinha quase dois metros de altura. Sentiu, na hora, que quebrou a perna na queda. A Tereza grita, a Filó late, a Heloísa fica atônita e o Gérson tenta não gritar alto de dor.

A Tereza chama os jovens para ajudá-la:

– Pessoal, meu marido caiu e quebrou a perna. Vocês podem ajudá-lo?

– Quem caiu, senhora?

– Meu marido!

– Ele também estava fazendo alpinismo?

– Não, caiu do barranco... Ele subiu lá pra ver melhor!

Os jovens tinham prática de primeiros socorros. Colocaram uma tala na perna do Gérson e chamaram o Resgate. E ainda ajudaram a carregar a maca até a ambulância. Gérson fez, por último, uma piadinha ao se despedir dos jovens:

– Da próxima vez, só subo no barranco com uma corda de segurança. Obrigado pessoal!

O final do aniversário de casamento foi na clínica que era exclusiva de ortopedia, assim Tereza pôde passar a noite ali com o paciente, que se recuperava de uma cirurgia de duas horas – tinha quebrado a tíbia. Ele estava em estado de sonolência, mas ainda conseguiu dizer:

– Tereza, acabei de me lembrar que é a segunda vez que passamos o aniversário de casamento num hospital... Quando fizemos 30 anos, eu estava colocando os stents, na Beneficência Portuguesa...

– Tudo bem Gérson, ao menos você cumpriu a promessa quanto ao paraglider. Agora descanse.

– Te amo, Tereza.

– Também te amo, Gérson.

Elias Ferreira Bedê na Revolução de 32

Elias Ferreira Bedê era o pai de minha mãe, Railda Castanheira Bedê. Ele nasceu em Fortaleza-CE em 1895, e era o primogênito de quatorze irmãos – sete mulheres e sete homens (curiosidade: todos os nomes começavam com a letra "E"). Seu pai morreu quando ele tinha apenas dezesseis anos. Um tio, penalizado com a situação, disse que para colaborar cuidaria do mais velho – além de contribuir todo mês com uma ajuda financeira. Esse tio residia em Belém do Pará; era advogado e professor de Direito, chegando a ser diretor da Faculdade Livre de Direito – a primeira faculdade do Estado do Pará, fundada em 1902 e incorporada à Universidade Federal do Pará em 1957.

Elias Ferreira Bedê revelou-se um excelente aluno e não desperdiçou a oportunidade oferecida pelo tio; estudou muito e se formou em Direito naquela mesma faculdade, em Belém. Depois de formado ingressou no cargo de promotor público em São Paulo, mesmo sem ter família na área jurídica no Estado de São Paulo.

Como ocorre com todos os juízes estaduais e promotores públicos, começou sua carreira numa pequena comarca do interior da qual ele nunca tinha ouvido falar: Itápolis. Mas foi amor à primeira vista; quando conheceu Itápolis, sentiu vontade de nunca mais sair de lá. E foi lá que conheceu uma mineira que lhe roubou o coração de maneira definitiva: Emília Castanheira Bedê, nascida em 1903. Casaram-se e tiveram sete filhos: Maria Teresinha (1925), Marina (27), Arlete (29), Francisco de Paula (31), Luís Sebastião (33), Emília (34) e Railda – a caçula, tendo nascido em 1935.

Railda contava que nunca viu na vida um casal igual, tal a devoção de um para com o outro.

Emília tocava violão e cantava junto com os filhos em volta dela no terraço da casa no centro de Itápolis; e Elias a olhava cheio de amor, como se a tivesse conhecido naquele momento. Assim, inspirado pela esposa e pelos filhos, declamava algumas poesias.

O período em Itápolis foi o mais feliz de sua vida, tendo até participado da fundação do Grêmio Literário e Recreativo, em 1933, do qual foi seu primeiro presidente. Também organizava saraus em sua residência, os quais eram muito concorridos. Depois foi promovido para Barretos, Ribeirão Preto e, por último, São Paulo. Ficou em Itápolis quase vinte anos.

Em 1932, os cidadãos de São Paulo e Mato Grosso exigiram a Constituição que Getúlio Vargas havia prometido na Revolução de 1930, e não cumprira.

Assim como a realização de eleição presidencial. E o Dr. Elias Ferreira Bedê, promotor público de Itápolis, com quatro filhos pequenos e 37 anos de idade, resolveu alistar-se para lutar na Revolução Constitucionalista de 1932.

Surpreende a todos naquela pequena cidade. Torna-se o assunto do momento: "Vocês viram a última: o Dr. Bedê, nosso promotor público, alistou-se como combatente constitucionalista!"; "Não é possível, um promotor, casado, feliz e com quatro filhos pequenos? Mas que loucura!"; "Não acredito nisso, deve ser alguma brincadeira dele!"

O prefeito, o juiz de direito, o delegado... todos tentaram demovê-lo da intenção, menos uma pessoa: sua querida esposa Emília. Ela sabia que ele não mudaria de opinião e deu-lhe todo o apoio para que fosse bem tranquilo em sua missão. E que rezaria para que ele voltasse com saúde.

Emília e Elias Bedê participaram da "Campanha do Ouro" doando suas alianças para os Revolucionários Constitucionalistas de 1932, recebendo, em troca, um certificado intitulado "Ouro para o bem de São Paulo".

(Eu já deixei escapar aqui que a minha mãe, Railda, nasceu em 1935, logo, se estou escrevendo este pequeno conto é porque Elias sobreviveu à Revolução. Se ele tivesse "tombado nas trincheiras paulistas", Luís, Emilinha e Railda não teriam nascido. Aliás, eu também não teria nascido e vocês estariam livres destas crônicas e contos!).

Quando os alistados de Itápolis se reuniram, apareceu uma primeira e importante questão: quem comandaria a tropa itapolitana? Pensaram no Dr. Bedê, mas ele logo avisou: "Pessoal, eu nunca atirei com arma de fogo na minha vida, na verdade, nunca briguei com ninguém – minhas contendas foram sempre contra os advogados e nossas armas eram as palavras. Não tenho noção alguma de como funciona uma tropa armada."

Criou-se um impasse: quem chefiaria e treinaria a tropa de Itápolis na frente de batalha?

Bardoquinho, filho do Bardoque, dono do melhor restaurante-lanchonete da cidade, disse:

– Pessoal, eu conheço uma pessoa que está entre nós e que esteve no Exército Brasileiro por dezessete anos. Chegou até a sargento...

– Bardoquinho, você deve estar brincando! Aqui ninguém foi militar. Conheço todo mundo, disse Jonas – um rapaz muito forte, filho de um fazendeiro da região.

– Estou falando a verdade, eu até me surpreendi dessa pessoa estar aqui... eu pensei que ele não quisesse mais nada da vida.

– Mas então, diga logo quem é esse misterioso militar!

– É o Mandoval!

Fez-se um silêncio completo na sala.

Mandoval era um pedinte que vivia alcoolizado e morava num casebre bem pobre da cidade. Um bêbado, amigo de todo mundo, que não brigava e não arrumava confusão com ninguém.

– O Mandoval foi sargento?, perguntou Jonas.

– Foi, continuou Bardoquinho, ele até já me mostrou uma carteira do Exército, chegou a Segundo Sargento de Infantaria. E numa ocasião, dois viajantes disseram que tinham servido com ele num quartel no Rio Grande do Sul. Estavam muito tristes com as condições do ex-companheiro de farda.

– Mandoval, fala alguma coisa...

– Fui militar por dezessete anos, dos 19 aos 36 anos de idade. Entrei para fazer o serviço militar obrigatório e gostei. Vi ali uma chance de melhorar de vida, ser alguém, sabe? Era da Arma de Infantaria, "pé de poeira". E declamou:

"Eu sou o Pé de Poeira
Do norte, do sul, da fronteira.
Qualquer que seja o lugar:
A praia, o sertão, o deserto;
Não importa se é longe ou perto,
Chego lá de qualquer jeito,
Pelo ar, pela terra, pelo mar,
Voando, remando, andando,
Qualquer coisa vou usando:

Aviões, pernas, navios,
Tudo que ande
No céu, na terra, nos rios.
Eu sou o Pé de Poeira."
(autoria desconhecida)

– Saí do Exército em razão de uma grande desilusão amorosa que tive. Desisti de tudo.

– Tropa, já temos o nosso comandante, disse o Dr. Bedê.

– O Mandoval? O bêbado da cidade? Assim eu não vou, disse o Pedroca, contrariado.

Bardoquinho interveio:

– Pessoal, se começarmos a brigar numa sala de reunião, não iremos a lugar algum. Vamos acabar atirando uns nos outros aqui em Itápolis mesmo!

Dr. Bedê perguntou ao Mandoval:

– Você sabe atirar bem, Mandoval?

– Sei sim senhor. Fui da equipe de tiro de todos os quartéis em que servi.

– E defesa pessoal, planejar uma longa caminhada, um ataque?

– Sem querer ser convencido, Dr. Bedê, eu fui um bom militar. Dava instrução aos soldados e cabos.

– Então pessoal, tem que ser o Mandoval o nosso chefe. Agora, tem uma condição, Mandoval!

– Pode falar doutor?

– Você vai ter que ficar o período todo sem beber! Não vai poder dar nem um golinho de cerveja. Nada de álcool.

– Mas, nadinha, nadinha?

– Não Mandoval. Nadinha!

– Hum... Bem... eu sou o único que conheço o ofício... E se vocês forem sem mim... Está bem. Porém, também tenho uma condição: o Dr. Bedê e o Bardoquinho serão os meus cabos.

– Todos concordam? – Perguntou o Dr. Bedê – uma última coisa: qual o seu nome de guerra no Exército, pois Sargento Mandoval não dá!

– Oséas. Eu era o Sargento Oséas.

Dessa maneira, a tropa constitucionalista de Itápolis se formou em junho de 1932; sob o comando do Sargento Oséas – o antigo "bebum" da cidade. E o promotor público, Dr. Bedê, fechou por um tempo todos os seus processos para lutar na Revolução Constitucionalista de 32.

O Cabo Bedê entrou em contato com a Capital paulista, pedindo uniformes, equipamentos e fuzis. E avisou que a tropa seria comandada pelo Sargento Oséas, com experiência de dezessete anos de Exército na Arma de Infantaria. Por fim, solicitou o local onde deveriam se apresentar.

Confirmaram que enviariam os uniformes, equipamentos e fuzis o mais rápido possível. E deram ordens para irem para a cidade de Mococa, pois era o front previsto de batalha mais próximo de Itápolis, e que eles já tinham informações de que tropas federais getulistas também se dirigiam para aquela região, uma vez que Mococa faz divisa com Minas Gerais. O comando da tropa itapolitana foi confirmado ao Sargento Oséas.

Enquanto os equipamentos não chegavam, o grupo já se reunia todo dia para treinamento: ordem unida, rastejamento com fuzil, defesa pessoal, treinamento físico, noções de combate etc.

O Sargento Oséas, o Cabo Bedê e o Cabo Bardoque (que também perdeu o diminutivo) fizeram o planejamento inicial. Chegaram à conclusão de que levariam também as armas pessoais e aquelas que pegassem emprestadas, tais como revólveres e facas, uma vez que souberam que não haveria fuzil disponível para todos os combatentes.

Começaram a treinar com essas armas mesmo. Foi aí que o Cabo Bedê deu seu primeiro tiro... e detestou. Quarenta e seis anos depois desse fato, o neto de Elias, Frans Bedê, daria também o seu primeiro tiro de fuzil no serviço militar obrigatório (CPOR de São Paulo); e também detestaria a experiência.

O povo de Itápolis organizou um fundo para a Revolução Constitucionalista, com a participação até das crianças. Os filhos do Cabo Bedê eram os mais animados nessa empreitada. Compraram mantimentos, munição para suas armas e alugaram um caminhão para fazer o transporte da tropa. A distância de Itápolis para Mococa é de 240 km, passando por Ribeirão Preto.

A Revolução de 1932 começou em 9 de julho e durou 85 dias, terminando em 2 de outubro. Foram três meses de intensas batalhas nos quatro cantos de São Paulo. O saldo oficial de mortos é de 934 pessoas, no entanto, estudos remetem a mais de 2.200 falecimentos.

Apesar da derrota militar do Movimento, algumas reivindicações foram – posteriormente – atendidas: nomeação de um interventor civil e paulista; convocação de uma Assembleia Nacional Constituinte; e, mais importante, a promulgação da Constituição de 1934. Por fim, em 1933, Getúlio Vargas decretou a anistia geral aos envolvidos com a Revolução de 1932.

A tropa itapolitana voltou com todos os seus combatentes. Alguns feridos, é verdade, mas sem grandes gravidades. O Sargento Oséas e o Jonas (aquele fazendeiro forte), que também voltou promovido a Cabo, participaram de incursões mais perigosas, e foram para a linha de frente dos combates. Os dois chegaram a lutar fisicamente com as tropas federais getulistas. Ambos foram muito elogiados pelos superiores hierárquicos e receberam Condecorações por Heroísmo em Batalha.

Depois que o Dr. Bedê voltou a trabalhar, o Sargento Oséas foi procurá-lo – de farda e fuzil – no gabinete do promotor público no Fórum Central. Entrou na sala e disse:

– Dr. Bedê, entrego agora o meu fuzil ao senhor. Neste momento, deixo de ser o Sargento Oséas e volto a ser o Mandoval. Vou continuar a minha sina... O senhor foi muito justo e digno comigo, nunca vou esquecer disso em minha vida. Obrigado, Dr. Bedê. E entregou emocionado o fuzil ao promotor, que respondeu:

– Mandoval, para mim você sempre será o Sargento Oséas. Um comandante muito bom e corajoso, não poderíamos estar em melhores mãos. Você é um orgulho para esta cidade. Eu é que tenho que te agradecer. Levantou-se e, também emocionado, prestou continência ao Sargento Oséas.

Todos os combatentes constitucionalistas itapolitanos – Dr. Bedê, Bardoquinho, Jonas, Pedroca e os outros – quando passavam pelo Mandoval o cumprimentavam com uma continência.

E ele... feliz... retribuía com orgulho.

Coronavírus no planeta azul

Tark e Dlong comandavam uma expedição científica do Planeta Tílis à Terra. Tílis estava muito mais avançado em tecnologia, ciência, política e cultura em relação ao nosso mundo. Os tilisáqueos faziam excursões científicas pelo Universo com o objetivo de estudar outros planetas e, em alguns casos específicos, ajudar os habitantes daquele lugar – mas sempre de forma indireta, sem serem notados.

Em Tílis, foi detectado o problema gravíssimo do novo coronavírus entre os seres humanos. Diante de tantas mortes e tragédia, resolveram vir à Terra para estudar a situação *in loco*.

A forma de comando na nave espacial era bipartido: um modelo que eles desenvolveram em seu mundo, no qual as decisões mais importantes precisariam da concordância de dois chefes. Teriam de chegar a um entendimento. Enquanto um dormia, se alimentava ou descansava, o outro comandava o grupo de oficiais e cientistas nas questões rotineiras.

Depois da chegada à Terra, a dupla de comandantes resolveu encomendar aos cientistas uma pesquisa na qual eles teriam de especificar se a espécie humana valia a pena ser salva; ou o melhor seria não ajudar em nada e retornar à Tílis.

Os estudiosos chegaram à seguinte conclusão: um terço dos terráqueos era de pessoas boas, pacíficas e amorosas, que valiam a pena serem salvas; um terço era de seres egoístas, hipócritas e violentos, os quais não mereciam qualquer ajuda; e o último terço era de pessoas pobres e miseráveis, tão carentes de tudo que não era possível classificá-las entre os outros dois terços.

Os dois ficaram sem saber o que decidir, e resolveram pensar um dia no assunto – como era da tradição em Tílis.

No dia seguinte, Tark sugeriu que se consultasse o melhor e mais sábio comandante que tivera em sua vida de oficial-cientista, o Comandante Sryb. Dlong imediatamente concordou com a sugestão, porquanto não conseguiu vislumbrar a melhor decisão e conhecia o histórico daquele famoso líder.

O Comandante Sryb já estava aposentado, porém Tark tinha o número de seu "celular" e mandou um áudio para ele. Sryb retornou à ligação. Depois dos cumprimentos iniciais, Tark resumiu ao seu ex-comandante a situação que eles se depararam na Terra. Sryb pediu que mandassem os arquivos da pesquisa e os demais apontamentos sobre o Planeta Terra. E pediu, também, um dia para pensar numa solução.

No dia seginte, ele retorna a chamada a Tark, e pede para falar em vídeo com os dois ao mesmo tempo – Tark e Dlong. De início, agradece a eles por terem se lembrado daquele aposentado para um possível aconselhamento (e que aquilo fazia muito bem aos idosos). Em seguida, reiterou que ele daria apenas uma sugestão, pois a decisão deve ser apenas dos dois comandantes. E Sryb disse o seguinte:

– Na pesquisa percebi que, de fato, um terço merece nossa ajuda. E até me emocionou como alguns que lutam pelos mais necessitados contra todas as dificuldades possíveis. Já o segundo terço não merece colaboração alguma, é o que de pior existe no Universo. Assim, toda a solução recai no último terço. Esse último terço vive em condições terríveis, tristes e de extremas dificuldades. Muitas vezes as pessoas não têm o que comer e até a água é escassa. Não há saneamento básico para elas, e morrem aos milhões de doenças evitáveis. Chega a ser inacreditável que ainda morram crianças de fome e disenteria! Confesso que fiquei abalado com as condições em que lutam para sobreviver. E são justamente eles, os miseráveis, que me fazem opinar pela ajuda aos terráqueos, uma vez que, se essa epidemia piorar, são eles os que mais sofrerão as consequências – tanto da Covid-19 como de fome e sede. E isso não é aceitável! Antes de terminar, faço uma observação, fiquei assombrado de notar que os terráqueos ainda se dividem politicamente em países, e o pior: guerreiam entre si. Como será possível que não perceberam que a espécie humana é uma só? Não entendo! Não me lembro de nenhum outro mundo do Universo em que a espécie dominadora exterminasse a si mesma com tanto ódio e violência... Mesmo assim, os terráqueos merecem outra chance. Por fim, parabenizo os dois comandantes pela humildade e grandeza de me consultarem. É assim que se forjam os melhores líderes. E do lado apenas pessoal, confesso que me senti valorizado e até contei aos meus netos sobre a consulta de vocês. Eles ficaram muito orgulhosos do avô. Obrigado, Tark e Dlong. Abraços aos dois.

Tark e Dlong decidiram influenciar os cientistas do mundo todo com a "energia-positiva direcionada", a qual ajudou os nossos estudiosos a acharem vacinas eficientes contra o vírus Sars-cov-2. E também influenciaram os líderes e presidentes a colaborarem com os cientistas e estudiosos (infelizmente, alguns poucos líderes não são suscetíveis a qualquer "energia-positiva" – seja ela qual for).

Antes de irem embora, Tark e Dlong decidiram voltar dali a dez anos, para concluírem se acertaram em ajudar os seres humanos, ou se não tem jeito mesmo...

O quinto bicho

Esta história que se passou em 2003. O pai tinha quarenta e três anos e as filhas, dez e oito. E os três foram ao teatro no Bairro do Bixiga para assistir à peça *Os Saltimbancos*.

Naquela época, todo sábado à tarde ele ficava com as filhas Marília e Heloísa, pois a família reservou aquele período para a mãe, a Valéria, fazer seus cursos e também descansar um pouco. O trabalho do pai era menos cansativo e mãe é mãe, certo?

Os três iam a parques, cinemas, teatros, shoppings e até a circo foram. Para o sábado seguinte, o pai tinha visto no jornal escrito (pois já naquela época não assistia à televisão) que havia uma nova montagem da peça *Os Saltimbancos* em cartaz, e que estava muito bem interpretada e cantada, num pequeno e aconchegante teatro do Bixiga – tradicional reduto boêmio e cultural na cidade de São Paulo.

Os Saltimbancos é uma fábula musical do italiano Sergio Bardotti e do músico argentino Luis Enríque

Bacalov. Trata-se de uma adaptação do conto *Os Músicos de Bremen*, dos irmãos Grimm. Essa alegoria política foi traduzida e adaptada para o português por Chico Buarque de Hollanda, no final de 1976, com algumas novas canções acrescidas por ele. A peça conta a história de quatro bichos que se rebelam contra aos seus "donos-patrões" e fogem; tornam-se amigos e resolvem formar um grupo musical. A Galinha representa a classe operária; o Jumento, trabalhadores do campo; o Cachorro, os policiais e militares; e a Gata, os artistas (na verdade, a única da turma que canta bem).

E lá foram eles, no sábado, ao teatro para verem *Os Saltimbancos*.

De fato, era um teatro acanhado, porém muito agradável. A Marília e a Heloísa já tinham um esquema com o pai. Ele comprava os ingressos, dava os delas em suas mãos e ia tomar café. Saía da muvuca, sempre. Elas ficavam esperando na porta de entrada da plateia, bem de frente para o "homem que confere o bilhete", pois queriam sentar na frente do palco – como, aliás, quase toda criança deseja. O pai ficava de longe olhando, e quando as pessoas começavam a entrar, ele se posicionava para fazer um sinal de positivo para o funcionário, que vendo duas meninas sozinhas, procurava o "responsável" por elas no saguão de entrada.

Conseguiram e sentaram na primeira fileira; o pai, na última, e sozinho. Como já descrito, tudo era pequeno ali, incluindo o palco e a plateia – todos ficavam muito próximos. O pai pensou: "já estou me cansando de teatro infantil... olha o tamanho do palco... como irão caber quatro atores adultos aí? Vai ser uma gritaria danada... e não dá nem para eu dar uma volta e tomar outro café... paciência, elas já vão crescer!"

Com esses pensamentos e o ar de enfado, o pai começa a assistir à peça. Um a um, os bichos vão fugindo de seus donos exigentes e truculentos. As crianças já estavam gostando da encenação, quando o pai reconheceu que os artistas estavam fazendo um milagre naquele diminuto palco. Depois, concordou que eles interpretavam e cantavam muito bem. E foi gostando aos poucos...

Quando o Jumento explica aos amigos que eles deveriam se unir com o objetivo de deixarem de ser explorados individualmente, o pai começa a admirar e torcer pelo personagem e também pelo grupo todo. O próximo passo foi se emocionar... Sem perceber, ele foi se emocionando de tal maneira que já não conseguia mais disfarçar... "Bem, também sou humano... acontece!". Uma mãe que estava na fileira da frente, percebe a emoção daquele homem sozinho na última fileira, e lhe sorri com solidariedade: "Eu sei... eu sei... vocês homens sempre querem dar uma de durões... frios... seja bem-vindo ao nosso mundo!"

O pai pegou o lenço, pois não dava mais para segurar as lágrimas, e com aquele pedaço de pano conseguia disfarçar um pouco e abafar o soluço. Em virtude da proximidade, o ator que interpretava o Jumento percebeu a emoção daquele solitário adulto. E talvez tenha até se inspirado com isso, pois ele cresceu no palco ainda mais. Esses atores são danados... Seres especiais... percebem tudo.

A sorte é que na música "Todos juntos", ao final da peça, as crianças e os adultos presentes começaram a cantar também e diante do sucesso da apresentação, até repetiram a canção. Assim, ele pôde chorar mais à vontade.

"Todos juntos somos fortes/ Somos flecha e somos arco/ Todos nós no mesmo barco/ Não há nada pra temer/ Ao meu lado há um amigo/ Que é preciso proteger.."

Quando terminou a peça, os atores comunicaram que ficariam no hall do teatro para cumprimentar aqueles que quisessem falar com eles. A farra continuou, pois todos ali – crianças e adultos – queriam ver e conversar com os quatro bichos.

O pai foi o último a sair da plateia e entrou, humildemente, na fila para cumprimentar o ator que interpretou o Jumento. Na frente dele, ficou emocionado de novo e... não conseguiu dizer uma palavra sequer. Fez um gesto com as mãos como se dissesse: "Obrigado, mas não consigo dizer nada!"

O ator, que já não era tão jovem assim, disse: "Me dá um abraço!". E o pai chorou no ombro daquele artista. As filhas olharam a cena com surpresa, mas felizes... pois o pai delas tinha rompido uma barreira. E, agora, ele estava, definitivamente, mais próximo delas. Não era mais o "pai" que mandava e a tudo sabia, era mais um amigo no grupo dos bichos.

Lições do monge Sherab Tsering

O monge budista Sherab Tsering tinha mais de 80 anos. Ele mesmo não sabia a própria idade e não se importava mais com isso.

Em tibetano, Sherab significa "Sabedoria" e Tsering, "Vida Longa". Seus pais profetizaram e acertaram o futuro religioso do filho como um monge sábio e longevo.

Sherab Tsering possuía uma característica peculiar: ele só falava na terceira terça-feira de cada mês, exatamente às 15 horas! Nesse dia e horário amontoavam-se dezenas de seguidores para ouvir sua voz sábia e tíbia.

Certa ocasião, um famoso e rico executivo teve um profundo stress e quis vê-lo de qualquer maneira. Porém, não era o dia e a hora de suas manifestações, mas esse homem não estava acostumado a respostas negativas, e insistiu em falar com o Monge. Interrompeu-o no curso de profunda meditação:

– Mestre, desculpe-me interrompê-lo, mas preciso lhe fazer uma pergunta urgente, uma só! Posso?

– Sim, respondeu Sherab Tsering.

– Qual o sentido da Vida, mestre?

– Você já fez uma pergunta, com esta última seriam duas! Agora, acalme-se e fique ao meu lado meditando... Na terceira terça-feira do mês, às 15 horas, eu lhe darei a resposta que procura. Você ainda não está preparado para ouvi-la.

Uma outra vez, ele espantou a todos com uma incrível revelação:

– Depois que eu completei 30 anos de idade, nunca mais fui a médicos ou hospitais, tanto da medicina ocidental quanto da chinesa.

– Mas... e a sua saúde? Como ficou? O senhor nunca mais adoeceu? Perguntavam todos sobrepondo as perguntas com as interjeições.

– Ah! Sim. Continuei a adoecer, mas nunca mais fui a médico nem hospital. Apenas esperava, com humildade e silêncio, a doença passar por mim. Eu me recolhia e ouvia o que ela tinha para dizer, o que eu estava fazendo de errado. Melhorava, agradecia a doença... e fazia o que ela me ensinou.

Esta crônica vale por duas! Pois tem duas leituras possíveis: uma cômica e leve e outra profunda e bela. Aliás, era o próprio Monge Sherab Tsering quem dizia: "A Vida tem sempre dois lados: um cômico e leve; e outro profundo e belo.

A geóloga e o astrônomo

Celeste e Rocha se conheceram numa festa da universidade. Sentiram imenso magnetismo um pelo outro, além de forte atração gravitacional – sempre que podiam, ficavam juntos. E acharam muito divertido o fato de ela estudar Geologia e se chamar Celeste; e ele chamar-se Rocha, mas amar Astronomia. Não podia ser mera coincidência! "Os astros celestiais conspiram a nosso favor!", disse Rocha. "Essa foi horrível... vou pôr na conta do álcool!", respondeu ela.

Eles combinavam em quase tudo, menos em suas paixões científicas.

Depois que terminaram a graduação, logo iniciaram o mestrado com bolsas de estudo. Como Celeste já tinha um apartamento próprio recebido de herança, foram morar juntos.

Tudo caminhava bem. O dois eram bem-humorados e tranquilos. Sabiam viver como um casal: com respeito, colaboração, carinho e cumplicidade. Assim, fizeram ótimas viagens pelo Brasil e América do Sul.

E até combinaram que depois do doutorado, teriam um filho.

Os amigos diziam que não havia modo de não dar certo aquele relacionamento, pois amavam-se cada vez mais e eram ótimas pessoas.

Porém, quem apareceu para atrapalhar? Um poeta: Vinicius de Moraes! Ou melhor, uma poesia sua – "Soneto de Separação" – que é linda, mordaz e cruel com os amantes de qualquer país, época, raça, religião, orientação sexual, idade...

Ninguém entendia o que tinha acontecido. Tampouco eles... Estavam adorando cada vez mais suas áreas de estudo: enquanto Rocha viajava cada vez mais distante no espaço; Celeste se entranhava nas eras mais remotas da Terra. Ele avançando milhões de anos-luz até os astros e fenômenos que o fascinavam tanto. Ela retrocedendo milhões de anos em seus estudos das complexas camadas geológicas do nosso planeta, foram se afastando cada vez mais. Quando se deram conta, estavam a milhões e milhões de anos separados entre si. No tempo e no espaço. Celeste perdeu qualquer interesse pelos planetas, pelas estrelas e pelas galáxias. Do seu lado, Rocha achava desimportante ficar estudando... rochas!

No dia em que Rocha pegava suas últimas coisas no apartamento, disse uma frase que fez Celeste sorrir. Um sorriso bonito e leve como há muito tempo não sorria:

– Acho que deveríamos ter estudado Engenharia ou Administração de Empresas... Adeus, Celeste!

– Adeus... Rocha!

Pena não terem descoberto que o tempo das estrelas é igual ao tempo das rochas... e os dois mundos têm outro tempo diferente do nosso.

* Colaboração de Kissi – minha querida prima.

Paulada e cacetada, pontapé e tijolada

à Dona Clara Yamaga

Esta é a história de um menino chamado Francisco (hoje, Frans Bedê). Como dizia a trova da criançada na década de 1960: "Externato Macedo Vieira / Entra Burro / E sai Caveira".

O Francisco concordava com a brincadeira e detestava aquele colégio. Era um externato no bairro da Aclimação, que só tinha o Ensino Fundamental 1. Como ele morava naquele bairro, seus pais o colocaram lá, no pré-primário (hoje 1° Ano do Ensino Fundamental). Foi uma tragédia – para ele e para a escola.

Seguindo padrões militares, era uma instituição muito rigorosa e prezava pela disciplina acima de tudo. O menino não gostou de nada naquele colégio. Aliás, gostou sim, de duas colegas, mas isso não era mérito do Macedo Vieira.

Francisco ia muito mal, e começou a fazer um colar de zeros – como ele mesmo dizia à sua mãe. O método pedagógico era rigoroso: para tudo havia nota. Logo na entrada, as crianças tinham que se perfilar por classe. Aparecia uma inspetora, que se assemelhava a uma sargentona, sempre gritando (ah! ele odiava aquilo), mandava as crianças ficarem bem quietas e em ordem. Ela conferia os uniformes; era quando o menino tomava a primeira bronca do dia, pois ele detestava usar meias três-quartos, e as abaixava sempre (depois ele entenderia: era a sua manifestação diária de protesto). Após a inspeção, tinha que se levantar os braços para medir a distância para o colega da frente, e o Francisco nunca fazia isso, só calculava e pronto – era a segunda bronca da manhã. Depois, cantava-se o Hino Nacional (estávamos em 1966!). E iam marchando para as classes.

Na sala de aula, a terceira bronca – uma vez que ele nunca fazia a lição direito. Por vezes a sua irmã, um ano mais velha, a Ana Elisa, fazia um pouco da sua tarefa, mas era pior, pois a professora percebia.

Francisco teve que fazer aulas de reforço à tarde, o que aumentou a sua agonia, já que as tardes eram gostosas na casa da Rua Safira com seus irmãos e amigos da rua. Até o recreio era ruim. Francisco achava que era muita criança para pouco espaço, não dava nem para correr... Para onde se olhasse tinha muita gente. E ele passava o intervalo fugindo de um moleque valentão que gostava de bater nos outros.

A única alegria que Francisco teve no Externato Macedo Vieira foi no aniversário da Dona Glorinha (nome fictício), a temível Diretora. A Sargentona avisou que depois do hino, todos iriam cantar parabéns para a aniversariante, e que todo mundo deveria cantar bem alto e com alegria. Como era costume entre as crianças, na hora que se disse: "E pra Dona Glorinha, nada...", o Francisco se antecipou e gritou: "Paulada e Cacetada, Pontapé e Tijolada". A sua mãe foi chamada na Diretoria.

Não se era reprovado no pré-primário, e ele passou para o primeiro ano, mesmo com os seus colares de zero. Mas continuava tudo exatamente na mesma rotina: gritos, disciplina, hino, apertamento, zeros... e o valentão. Até que a professora da primeira série percebeu que havia algo de muito errado com ele. O menino até hoje pensa nela e agradece aquela sua intervenção que salvou a sua vida. Santa Professora!

A Aclimação era um bairro central, mas pequeno, as pessoas se conheciam. E ela teve uma atitude corajosa: encontrou a mãe dele na saída do colégio e disse que precisava falar urgentemente com ela e seu marido. A mãe se assustou, mas a professora a acalmou dizendo que era para o bem do menino, e deu o seu endereço.

De fato, ela morava perto da Rua Safira e eles foram, após o jantar, falar com a docente. A professora foi direta e resumiu para os pais do Francisco o que já foi descrito acima. E, ainda, teve a generosidade de elogiá-lo: disse que ele era bonzinho, que nunca atrapalhava as aulas, que se dava bem com as outras crianças, mas... detestava o Externato Macedo Vieira.

Os pais dele, que já estavam preocupados com o seu desempenho escolar, disseram que iriam procurar outra escola. A educadora então foi enfática: "Os senhores não entenderam bem, o Francisco odeia aquele lugar, e tudo ali faz muito mal para ele, mudem amanhã mesmo de colégio. E recomendou o Colégio Anglo-Latino, no mesmo bairro, do qual tinha ótimas referências.

Os pais do garoto agradeceram muito e disseram para ela ficar tranquila pois eles nunca contariam aquela história no Externato.

Na manhã seguinte, a mãe, o pai e ele foram ao Colégio Anglo-Latino. Foram bem recebidos por um dos Diretores, o Dr. Sérgio Arcuri, que disse: "Vou chamar uma funcionária para levar o Francisco para o primeiro ano, com a Dona Clara – nossa melhor professora". O pai avisou que ainda não tinha feito a matrícula, e que precisava conversar sobre os pagamentos... Mas o Dr. Sérgio falou: "Gastão, nós vamos conversar muito ainda sobre as mensalidades (algo que de fato se cumpriu, pois os quatro filhos do Gastão e Railda estudariam lá), mas agora ele já está perdendo aula, vai começar sem uniforme e sem material mesmo, já estamos no final de abril e ele precisa se alfabetizar."

A funcionária, chamada Dona Itália, levou Francisco pela mão até a sala da Dona Clara, no térreo do colégio, abriu a porta e... Ficou marcada em sua alma aquela imagem: primeiro, ele viu Dona Clara e já gostou daquela senhora nipônica de sorriso bonito e acolhedor, depois, de frente para a porta, viu as três janelas bem grandes e abertas, e adorou as árvores cujas folhagens quase entravam na sala de aula. A seguir, olhou os colegas e seus futuros amigos (até hoje em dia), com os quais também simpatizou na hora. Havia lá, ainda, umas meninas muito bonitas... Pareceu-lhe que abriram as cortinas de sua mente. E ele, já naquela manhã, começou a entender tudo o que a Dona Clara ensinava à sua classe.

Chegou em casa animado para comprar o material e fazer a lição do dia seguinte.

Francisco se alfabetizou logo, e se tornou bom aluno, tendo estudado no Colégio Anglo-Latino do primeiro ano do Primário até o terceiro do Ensino Médio (1967 a 77), sem nunca ter repetido ou ficado em segunda época.

Naquele primeiro ano, ainda deu trabalho para a sua mãe, pois todo santo dia queria levar uma maçã, ou um bombom, para a Dona Clara – a melhor e mais importante professora que ele teria em sua vida escolar e acadêmica. E, no Anglo-Latino, Francisco nunca foi obrigado a usar meias três-quartos...

A cidade dos apelidos

Este causo se passou em São Domingos do Prata, cidade mineira de 17.393 habitantes – segundo dados de 2018. Situada na região do médio rio Piracicaba, São Domingos do Prata, ou simplesmente Prata, é a famosa Cidade dos Apelidos, a qual já foi matéria de várias reportagens da imprensa brasileira. Lá todo mundo tem apelido! Mesmo aqueles que não o aceitam, recebem pelo menos um apelido ou epíteto em sua vida. Dizem que se você ficar lá uma semana... pronto, já receberá o seu cognome.

O melhor jardineiro da cidade é o Melchior Ramos, mas todos o conhecem por Gibi. Gatoca é um rapaz esforçado que estudou Direito e se tornou delegado: o Dr. Luppi. Mas, em Prata, é o Dr. Gatoca. Há também o Cridinho, a Quita Biscoiteira, o Zé Sem Janta, o Figura, o Saca-Rolha e por aí vai... O Nenê da Antena foi promovido a Nenê da Parabólica, acompanhando o avanço tecnológico.

Famosa também é a história de Zé do Coqueiro – que era assim chamado porque na frente da sua casa havia um belo coqueiro. Esse cidadão era um daqueles que não admitia apodo, e tão irritadiço ficara com o seu qualificativo que cortou a pobre árvore. Ficou livre do apelido? Não: passaram a chamá-lo de Zé do Toco. Mais bravo ainda ficou o Sr. José Pinni de Almeida (seu verdadeiro nome) e, numa madrugada de insônia, arrancou o toco! E agora? Passou, então, a ser chamado de Zé do Buraco (melhor seria ter ficado mesmo com o primeiro apelido de Zé do Coqueiro).

A cidade possuía até uma Lista Telefônica de Apelidos, pois pelo nome de batismo ninguém se conhecia. A Lista era organizada pelo comerciante Francisco Fernandes – o Chico Topa-Tudo, que comprava e vendia qualquer coisa. Porém, em sua listagem só entrava quem queria e aceitasse a própria alcunha, já que o objetivo era de ajudar a localização das pessoas e não o de caçoar delas.

Em Prata, até os nomes das casas comerciais são pitorescas. Tem o bar "O Poderoso Kopão" e o "Bar do Norfinho"; o "100 Shoke – Materiais Elétricos"; o "Açougue do Heié"; e o mais criativo de todos: o "ConstrUAI – Materiais para Construção e Reforma".

A fama dessa cidade correu Brasil afora e, numa conversa de botequim, Mineiro contava orgulhoso sobre a reputação de sua cidade, São Domingos do Prata. Um amigo ouvia incrédulo, dizendo ser impossível que dezessete mil pessoas tivessem apelido. Cerveja vai, cerveja vem... e acabaram apostando uma boa quantia em dinheiro com o seguinte desafio: o Sérgio Alencastro disse que ficaria uma semana naquela cidade sem receber nenhum qualificativo... uma semana! Mineiro topou a aposta, e confiava no amigo. Sabia que Sérgio (até então sem nenhum apodo) falaria a verdade, pois era uma característica muito bonita dele: a extrema sinceridade e lealdade.

Sérgio, que estava em férias, foi para Prata e planejou uma estratégia: ficaria uma semana inteira dentro da pensão com as janelas fechadas e sem sair do prédio. Faria as refeições no quarto e... pronto! Venceria aquela aposta com facilidade.

Chegou no domingo à tarde e ficaria lá até o próximo domingo; ao meio-dia sairia vitorioso. Pagou antecipadamente e combinou com o proprietário da Pensão, o Peixe-Gato, que faria as refeições no quarto. Este caso merece uma explicação: Peixe-Gato é a alcunha de Victor Guedes. Até a adolescência, Victor estava escapando de qualquer cognome, porém, quando apareceu o seu buço – um "bigodinho" que nem evoluía e nem era raspado – pronto, deu motivo e surgiu o apelido de Peixe-Gato, que é uma espécie de bagre (aquele peixe que possui um bigodinho). E o mais engraçado é que quando chegou ao colegial, e sua turma começou a aprender inglês, recebeu a variação de "Fish-Cat" (uma espécie de apelido do apelido!). Não tinha nenhum, ficou com dois.

Sérgio estava indo muito bem em seu intento. Para ajudar a passar o tempo, inventou uma estratégia: de meia em meia hora abria a janela e dava uma espiada na praça em frente, depois a fechava de novo. Isso o ajudava muito. Ele via os casais de namorados, o pipoqueiro e o sorveteiro que trabalhavam lado a lado e conversavam o dia inteiro, os guardas, a criançada etc. Ele também dormia bastante, lia, fazia ginástica e... abria a janela de meia em meia hora...

Nosso apostador gostou muito de Prata, achou-a bonita e de moradores simpáticos e felizes. Parecia que a tristeza tinha contornado aquela cidade e passou ao seu largo, atrás da montanha.

Enfim, completou uma semana ali. Feliz da vida, fez a mala e prometeu a si mesmo que depois de receber o prêmio da aposta, passaria mais uma semana lá. Só que, da próxima vez, para conhecer todos os lugares e também os seus habitantes. Desceu as escadas, pois estava no segundo andar, e foi se despedir do Peixe-Gato.

Fish-Cat olhou para o Sérgio e disse:

– Já vai, Cuco?! Espero que você tenha gostado de nossa cidade! E não demore para retornar aqui, Cuco!

Cuco, como passou a ser chamado, soube perder. Ligou para Mineiro e lhe contou tudo o que tinha acontecido. Mineiro elogiou a honestidade do Cuco, pois seria fácil mentir. Depois, disse ao Cuco que gostaria de lhe dar um presente: "Que usasse o valor da aposta para passar mais uns dias em Prata, já que estava mesmo em férias e existiam muitas belezas naturais para se conhecer na redondeza, além do povo gentil e hospitaleiro."

Além de saber perder, Cuco não era orgulhoso e aceitou o presente do amigo. Passou deliciosos dias naquele lugar, na Pensão do Peixe-Gato (ou Fish-Cat, como queiram). E foi lá que conheceu a sua amada, a Corujinha. Mas... a bela e romântica história de Cuco e Corujinha ficará para o próximo causo.

A Doce Julieta

à Julieta

Brincava-se, ali, que ela não tinha uma raça definida porque a natureza juntou o melhor de cada raça numa cachorra só, a doce Julieta. Ela era linda, de porte médio, pelagem branca e lisa com manchas marrons. A pelagem era de comprimento mediano e, quando corria na praia com vento, era bonito de se ver. As pessoas paravam para assisti-la.

Julieta era inteligente, alegre, gentil e vigilante. Sentia-se, desde pequena, responsável pela segurança das pessoas na praia, principalmente das crianças. Por isso, podia ser tanto doce quanto brava e feroz numa situação de perigo. Era também exímia "furadora" das ondas daquela pequena vila de veraneio no meio da Praia Grande, em São Paulo. Ela sabia se posicionar bem de frente para a onda e mergulhar na hora certa nas maiores ondas, como as crianças também aprendiam a fazer.

Julieta apareceu ainda filhote, com uns quatro meses, na casa de meus tios. Ela escolheu a minha tia para ser a sua primeira dona; e a Tia Tê se apaixonou na mesma hora pela cachorrinha. Os meus tios e primos tiveram a honra de serem a primeira família da Julieta.

Meu primo, que é da minha idade, tinha cinco anos e adorou a nova companheira. Eles andavam sempre juntos por toda a vila, e pela praia também. No fim da tarde, minha tia ia para a praia com o filho caçula e com a Julieta; e eles brincavam como grandes amigos; de correr na areia e de nadar. Os dois aprenderam juntos os segredos daquele mar de ondas médias e correntezas fortes.

Um dia, Julieta já tinha quase dois anos e uma criança pequena começou a entrar muito para o "fundo", sem noção do que fazia. Ela percebeu o perigo e começou a latir alto, mas ninguém notou o que acontecia com aquele menino. Julieta resolveu, então, agir. Foi atrás daquele garoto e depois de muita luta contra a correnteza e as ondas, conseguiu empurrar a criança com o seu corpo para o raso. A criança engolira muita água e estava desfalecida, mas recuperou-se bem e se salvou. A partir daí, tornou-se a heroína daquela vila e passou a ser querida de todos. Ela não sabia o que era soberba ou vaidade, gostava de todos e aceitava os seus carinhos.

Os veranistas dali perceberam que aquele ponto da Praia Grande era muito perigoso. Fizeram uma associação de moradores e pleitearam à Prefeitura um posto de salva-vidas naquele trecho. Não foram atendidos naquele ano, período em que Julieta, já famosa, salvou outra criança em situação idêntica à primeira vez. Assim, ela passou a atuar como uma "salva-vidas canina", sentia-se responsável por latir e avisar toda vez que uma criança ia muito para o fundo ou se afastava das outras.

Inspirado no exemplo da Julieta, meu primo fez natação e um curso de salvamento em praia e piscina. E, quando tinha quatorze anos, chegou a sua vez de salvar uma pessoa. A vítima, porém, era um adulto que havia bebido muito, por isso foi um salvamento complicado e difícil. Nessas ocasiões, a pessoa pode agarrar o socorrista e o atrapalhar no próprio salvamento (há casos em que os dois acabam afogados). Ele ficou extenuado mas salvou aquele homem.

Dessa vez, a grita foi muito maior e a Prefeitura instalou, por fim, um posto permanente de salva-vidas. Nessa altura, Julieta já estava com nove anos e pôde ficar mais sossegada. Passou a se preocupar com as crianças que se afastavam dos pais andando na areia... Não tinha jeito, ela tinha de cuidar das pessoas. Era a sua missão.

Agora, ela já pertencia à vila toda, Julieta era de todos os moradores e veranistas (uma verdadeira "autoridade" local). Quando ela teve uma ninhada, todos os filhotes foram logo adotados. Minha tia ficou com um simpático, alegre e bonito cachorrinho, o Snoopy – que ficaria na família por dezessete anos.

Ele era muito parecido com a mãe, apenas as manchas eram pretas.

Um dos proprietários mais antigos construiu uma outra casa, muito maior e bonita. Edificou também uma casinha confortável para a Julieta, no terraço da casa. Seu último grande amigo foi o caseiro João.

Porém, numa noite de um mês de baixa temporada, ladrões entraram na casa da Julieta. Ela percebeu e começou a latir, eles avançaram, ela os atacou, e os ladrões atiraram em Julieta. O caseiro João ouviu os latidos e os tiros, acendeu todas as luzes do jardim, tocou o alarme e chamou a polícia, mas os ladrões fugiram. João, desesperado, ainda quis levá-la ao veterinário, mas ela já dava os seus últimos suspiros.

Julieta morreu. Tinha onze anos. O dono da casa a enterrou no canto mais tranquilo e florido daquele jardim. Fez um lindo caramanchão no local, que minha tia visitava toda vez que ia para a praia. Passava horas sentada no banco daquele belo nicho. Lendo, rezando e agradecendo à Julieta por tudo o que ela fez e ensinou às pessoas.

Esta é uma história verídica, mas não é uma história triste. Julieta viveu feliz por onze anos; foi amada como poucos foram; era alegre, bonita e saudável; salvou vidas; e ajudou mães e pais desesperados a acharem suas crianças perdidas.

E... Julieta correndo pela praia, era a coisa mais linda de se ver!

As vezes em que quase morri e a outra vez!

A primeira vez em que eu quase morri, foi com 3 anos de idade (comecei cedo!).

Meu pai era advogado e sempre tinha em casa alguns processos e pastas de documentos. Minha família, herança dos avós paternos, sempre foi de dormir e acordar tarde. Até hoje em dia seguimos essa tradição secular.

Em 1962, num domingo de manhã, minha irmã Ana Elisa (a Nê) e eu, acordamos antes dos meus pais – como sempre acontecia. Minha mãe trocou os dois filhos, de 4 e 3 anos, e nos deixou na sala de estar com brinquedos e a televisão ligada. E voltou para mais um cochilo, hábito também perpetuado nas futuras gerações.

Naquela manhã, os desenhos não estavam bons (lembro-me bem disso!), e eu resolvi ir até a sala de jantar investigar o ambiente. Vi uma pasta de documentos em cima da mesa; consegui pegá-la, arranquei os papéis que lá estavam atrapalhando e me interessei pelo "ferrinho" do meio – aquele que prende o documento na pasta. Tirei o "ferrinho" da pasta (tarefa que demandou algum esforço) e analisei bem o meu novo brinquedo. Era interessante: uma molinha no meio de duas pontas bonitas. Porém: "Qual a finalidade desse brinquedo, pra que será que serve isso?", pensei. Descobri algo fabuloso: as tomadas. E vi que aquelas pontas entravam perfeitamente nos dois buracos das tomadas. "Brinquedo legal esse... meu pai deve ter deixado aí pra mim." Enfiei o "ferrinho" com as duas pontas dentro de uma das tomadas e levei o maior choque da minha vida (por enquanto...). Fui jogado para longe da tomada – o que foi a minha sorte, pois se ficasse agarrado ao "ferrinho" o choque seria contínuo e, talvez, fatal. Eu queimei as mãos e os braços. Os meus pais sentiram cheiro de queimado e ouviram os choros – meu e da Nê (que não estava entendendo o que tinha acontecido comigo).

O meu pai se trocou rapidamente, e me levou correndo para a Avenida Aclimação, na cidade de São Paulo, para pegarmos um táxi, já que não tínhamos carro naquela época. Eu fico imaginando o desespero dele... Ele disse que demorou uma eternidade até aparecer um táxi.

Eu queimei as mãos e os braços, e ainda tenho uma pequena cicatriz na mão direita. Tive de enfaixar os dois braços e, disso tudo, eu só me lembro do cheiro da pomada que era muito forte e enjoativo; e de ficar com os braços enfaixados; não dava nem para tomar água sozinho.

A segunda vez, assim como a primeira, a culpa foi toda minha. Eu estava com 21 anos, e tinha umas amigas em Araras. Elas eram bem legais e bonitas. Tive um pequeno namoro com uma delas, mas naquela época eu não levava nada a sério: faculdade, namoro e nem o Exército (CPOR em 1978/9).

Num fim de semana, fomos em quatro amigos para Araras. O carro era do Oswaldo, um corcel II, azul bem bonito. Esse amigo era um pouco mais velho do que os outros e mais ajuizado – tanto que se tornou juiz de direito (é verdade!).

No começo da noite de domingo, Oswaldo insistia para irmos embora. Nós não queríamos pois estávamos tomando cerveja com o pessoal de lá. Ele foi se irritando, irritando, até que se levantou e disse:

– Estou indo embora, amanhã tenho que trabalhar! Quem quiser entre no carro, quem não quiser, que vá de ônibus mais tarde.

Pagamos a conta, e entramos no carro de cara amarrada. Quando estávamos saindo da cidade, passamos por um bairro de casas chiques com jardins na frente. Então eu disse:

– Oswaldo, preciso fazer xixi! Esqueci de fazer antes de sair. Também... você ficou todo apressadinho...

Ele parou em uma casa com um jardim frontal lindo, sem grades (isso era em 1981). Eu desci e comecei a "regar" o gramado. Quando estava terminando, apareceu um guarda-noturno que virou a esquina, a quatro ou cinco casas de onde eu estava. Ele gritou:

– Ei! O que você está fazendo aí? Fique parado!

Com o efeito do álcool, mais a irritação por estar indo embora de Araras, respondi com total indelicadeza:

– Ah! Vá tomá no... seu isso e seu aquilo... e tal e coisa...

Ele sacou a arma, apontou na minha direção e... atirou.

Esperei uma fração de segundo, imóvel, pois não sabia se ele tinha me acertado. Depois o Oswaldo gritou: "Corre pra cá! Vamos embora, Frans!". Eu voei, entrei no carro e abaixei a cabeça olhando para trás. O guarda correu um pouco, ainda apontou a arma novamente para nós, mas não atirou de novo. Ainda bem! Era um guarda-noturno sensato e ruim de pontaria.

O Oswaldo nunca mais viajou com a gente. Na verdade, nunca mais quis sair com a gente (não disse que ele era ajuizado!).

Na terceira vez... a culpa foi meio dividida.

Eu estava com 24 anos e voltava para casa com o ex-chevette de meu pai, num domingo de madrugada. Já eram cinco horas da manhã. Não sei dizer a razão de eu estar descendo a Rua Pe. João Manuel em direção aos Jardins. Uma enfermeira vinha com seu poderoso fusca na Alameda Santos, atrasada para entrar no hospital em que trabalhava. Ela confessou que corria, porém, a preferencial era dela. Essa enfermeira, de origem nipônica, foi muito correta e gentil comigo. A gente precisa ter sorte até para bater o carro! Enfim, ela me pegou com aquele bico do fusca no meio do chevette, que é um carro leve. O chevette virou de ponta-cabeça e foi derrapando a capota até entrar numa floreira de concreto de um flat que tinha na esquina. O carro abraçou a floreira e sobrou apenas o lugar em que eu estava no veículo.

De cabeça para baixo o carro parou, rodas pra cima. Fiquei quieto... é incrível como o nosso cérebro funciona rápido nessas horas; ele dá uma descarga de adrenalina que nos aumenta a força e a frieza para reagir. Um homem, que passava por ali, foi falar comigo. Vidros quebrados, um pouco de sangue...

– Como você está? Tente mexer os braços... devagar! Agora, as pernas...

– Parece que eu estou bem! Tem um pouco de sangue aqui – disse eu.

– O sangue são de cortes superficiais. Vou tirar um pouco dos cacos de vidro para te ajudar a sair...

– Está bem!

– Venha, eu vou te puxar devagar...

Consegui sair, foram só arranhões com os cacos de vidro. Aí, aquele homem, de seus quarenta e cinco anos, me disse:

– Você nasceu de novo! Agora... vá devagar meu filho! Na vida existem coisas boas, mas a gente tem que saber apreciar com calma – e completou – Agora vá ver a moça no fusca, acho que ela quebrou o joelho... Vai lá conversar com ela e a ajude. É uma enfermeira, parece ser gente boa. E boa sorte, preciso ir! E foi-se embora o meu "anjo da guarda".

Já em 1995, com 36 anos, fiz uma operação de duas hérnias de disco na coluna lombar. O risco maior ali, penso eu, não era o de morrer, mas o de perder o movimento das pernas. As crises de hérnia de disco foram as dores mais fortes que senti em toda a minha vida. Terríveis... caía no chão de tanta dor.

Já em 2011, aos 52 anos, aí sim foi por muito pouco! Tive um Choque Séptico (Sepse) com SRAG – Síndrome Respiratória Aguda Grave, que me comprometeu 75% do pulmão. Fiquei 27 dias internados e 8 na UTI, intubado. Os dias mais perigosos foram 31/7, 1º e 2/8. No dia 1º de agosto, o médico intensivista Dr. Marcos Cairo Vilela – que salvou a minha vida – disse pra Valéria aquela frase típica dos filmes e novelas: "Valéria, fizemos tudo o que estava ao nosso alcance, estamos dando os dois antibióticos mais fortes que temos; ele precisa reagir em 24 horas."

A Valéria estava só com a minha mãe na Beneficência Portuguesa, pois as minhas filhas estavam viajando com a minha irmã, a Nê, e minha sobrinha Isadora. Elas iriam voltar no dia 2 de agosto de manhã. Eu imagino o sofrimento das duas. Para piorar a situação, o dia 1º/8 era o aniversário da minha sogra, Dona Lydia, que completou 82 anos. A Valéria e minha mãe tiveram de voltar para casa, visto que eu estava na UTI e ninguém podia ficar comigo.

No dia 2/8 de manhã, elas retornaram ao hospital. Encontraram o Dr. Marcos que disse que iria pedir mais uma bateria de exames. Daí houve uma coincidência maravilhosa: o avião das minhas filhas, mais a Nê e a Isadora, pousou mais ou menos às 9h, que foi o horário no qual saiu o primeiro exame apontando uma reação do meu organismo. A partir daí, fui melhorando.

A Sepse foi originada por dois dentes infeccionados; e a SRAG me deixou com uma pequena fibrose pulmonar (cicatriz) que me tirou um pouco do fôlego.

Passei ainda por outros problemas mais "leves", tais como: catapora, rubéola, sarampo, caxumba, escarlatina, hepatite A, operação de hemorroidas e colocação de dois stents – todos sem maior gravidade.

Deixei, por último, o meu risco de morrer do qual guardo muita saudade e boas lembranças; é "a outra vez!" do título da crônica:

Aos 11 anos, meus três irmãos e eu fomos mordidos por um cachorro da raça pequinês chamado Sheik, da casa de um vizinho na Rua Safira – Aclimação. O cão estava com a raiva (hidrofobia) e tivemos de tomar quinze vacinas antirrábicas seguidas na barriga. Os testes, os quais deram positivo, foram feitos no Instituto Pasteur, na Av. Paulista nº 393. O Instituto foi criado em 1903, e é dedicado à pesquisa científica sobre a raiva animal – que é potencialmente fatal em alguns casos.

As aplicações foram dadas no Hospital do Servidor Público Estadual, já que o meu pai era funcionário público.

E esse caso foi especial porque, por dois fins de semana seguidos, o meu pai é quem ficou encarregado de nos levar ao Hospital (nos dias de semana era a minha mãe quem levava). E sair com o meu pai já era uma festa, uma aventura: ele inventava histórias, tomávamos sorvete, íamos à lanchonete etc.

Do porteiro ao diretor do Hospital, todos ficaram sabendo da nossa história. Seus quatro filhos de treze a cinco anos – Nê, Frans, Gatoca e Guga – foram mordidos por um cachorro da casa vizinha que estava com a raiva. As enfermeiras adoravam quando chegávamos para a vacinação, pois era uma alegria só. E, para orgulho maior de meu pai, nenhum de nós chorava ou dava escândalo com as aplicações na barriga; nem a Guga, com 5 anos. Meu pai entrava com ela e ia conversando e explicando o motivo da vacina, mas que depois dali iríamos tomar sorvete ou ir ao Ibirapuera. Incrível como uma situação dessa pode deixar tantas saudades na gente... Ah, e passear com meu pai e meus irmãos era a coisa mais gostosa do mundo.

A campainha toca!

"Eu sou eu e minha circunstância;
e se não salvo a ela, não me salvo a mim."
JOSÉ ORTEGA Y GASSET

Estava em Santo Antônio do Jardim, cidade do interior de São Paulo com 6 mil habitantes; era uma quinta-feira, dia 26/11/2020 (e eu tentando fugir do novo coronavírus). Toca a campainha no começo da tarde. Atendo o interfone:

– Pois não?

– Boa tarde!

– Boa tarde!

– Foi dessa casa que pediram uma manicure?

– Não, minha senhora, não foi.

– Ah... que número é aqui?

– Esta casa é número 25. Tem o número no muro, do lado da porta.

– Ah...

– A senhora não tem o endereço completo?

– Tenho.

– Então qual é o endereço da casa que a senhora foi chamada?

– Número 30. Avenida João Amazonas, nº 30.

– Então...

– Então o quê?

– A senhora tem de ir para o número 30 desta mesma avenida.

– Ah... E aonde é?

– Aonde é? No número 30!

– É pra cima ou pra baixo?

– Pra baixo, pra cima é outra rua. É meio confuso aqui mesmo... A avenida começa aqui, nesta casa.

– Mas pra baixo faz uma curva grande...

– A senhora tem de fazer essa curva grande, pela esquerda. Tem de seguir a avenida.

– E qual é a casa de número 30?

– Faça a curva pela esquerda e atravesse a rua, pois de um lado é o número ímpar, e do outro o número par.

– Ah... Mas o senhor sabe qual é a casa de número 30?

Respiro fundo. "Será que é alguma pegadinha?", penso eu.

– Olha, a senhora vai descer a avenida pela esquerda, fazer a curva e atravessar a via. Eu acho que a de número 30 deve ser uma casa de muro alto de tijolo à vista. É um muro bem bonito. Tente lá!

– Ói! Brigado moço!

– De nada.

Quando fui dar a minha volta com a Filó, nossa cachorrinha, me lembrei dessa história e fui confirmar a numeração da casa de muro bonito de tijolo à vista. Bateu: número 30! Fiquei feliz por não ter me irritado com a manicure; de fato, ela é muito ruim de endereço, mas ela não é carteira, é manicure. Apenas tive paciência; fiz uma simples, porém boa ação e me senti bem de tê-la ajudado. Acho que foi a melhor coisa que fiz naquele dia.

Lágrimas de guerra

O ano era 1999, a Marília tinha 6 anos e a Heloísa, 5. São as minhas duas filhas com minha esposa, Valéria. Eu já contei algumas passagens das duas, as chamadas "gracinhas de criança". Faltou uma história com a Marília, a qual não foi uma "gracinha" propriamente dita. Foi um caso que ocorreu de verdade e que não é engraçado. Daí a minha pouca disposição para contá-lo.

Estávamos no nosso apartamento numa noite durante a semana, uma noite tranquila e comum. Em paz e em família. Marília e eu estávamos na cozinha enquanto ela comia uma fruta, e a Valéria estava ajudando a Heloísa na lição de casa. Eis então, que, do nada, a Marília me pergunta: "O que faz um soldado?". Eu respondo para ganhar tempo: "Soldado? Mas onde você viu um soldado?". "É que o Gabriel, meu amigo da escola, quer ser soldado quando crescer." Eu pensei comigo mesmo "Esses meninos já estão me dando dor de cabeça agora... imagine mais tarde!".

– Veja bem, Marília, o soldado faz parte do Exército de um país. E o Exército existe para defender nosso país dos inimigos. Eles lutam contra o inimigo (foi uma péssima resposta!).

– Mas... o Brasil tem inimigo?, perguntou ela.

– Não, hoje em dia o Brasil não tem nenhum inimigo, porém, é bom sempre treinar os soldados para estarem prontos para algum confronto, uma guerra. Se houver... Não deve ter... Não vai ter...

– Uma guerra?

– Uma guerra é quando um país briga com o outro com armas e com soldados. Neste século mesmo já tiveram duas guerras mundiais. O Brasil participou da segunda; com poucos soldados, mas participou. O Brasil é um país pacífico, nós não gostamos de guerras, nós gostamos de música, alegria e paz (tinha melhorado um pouco minha performance, porém...)

– Morreram muitos soldados nas guerras?

– Ah sim, infelizmente morreram muitas pessoas. E não só soldados, as pessoas comuns, chamadas de civis, também morrem nas guerras.

– Mas quantas pessoas morreram? Umas 43?

– Ah, muito mais...

– Então, umas 70?

– Só na Segunda Guerra, foram mais de 6 milhões de judeus, de soviéticos o número foi maior ainda, e também milhões de europeus, japoneses, chineses, milhares de americanos, e até alguns brasileiros...

Então, enquanto eu explanava para uma menina de 6 anos quantos mortos tiveram na Segunda Guerra Mundial, ela ficou em silêncio... E daí eu vi escorrerem umas lágrimas de seus olhos... Eu não tinha percebido a violência daquilo tudo... milhões e milhões de mortos... ditos com uma frieza de genocida, um "pai-freezer". Como a gente fica insensível para as dores do mundo! São as nossas defesas para tantas tragédias e notícias ruins diárias. Mas ela não sabia de nada disso, ainda. Com a situação fora de controle, o que um pai sábio faz? Chama a mãe (uma saída clássica e segura!).

– Valéria, dê um pulo aqui, por favor. Não sei como resolver isso...

Resumi pra ela a conversa e completei: "Eu fui falando da Segunda Guerra, das mortes..."

– Tá bom, fique tranquilo, Frans. Ajude a Heloísa a terminar a lição, e depois brinque um pouco com ela. Vou conversar com a Marília.

Como já se disse, educar uma filha ou filho é uma segunda chance de aprender algo sobre o mundo e a vida. Isso se você entender o que os filhos te ensinam.

O juiz de futebol

Este caso ocorreu em 1930. Meu avô, Manoel Dias de Castro, e seus cinco irmãos – duas mulheres e três homens – eram filhos de um casal português que veio para o Brasil no final do século 19. Os seis tinham herdado o sangue quente e apaixonado dos lusitanos. Um exemplo: no meu casamento em 1988, as duas irmãs de meu avô – já bem idosas, claro – discutiram feio... entre si (briguinha de irmãs!).

O caçula era o Tio Mário; o que diferenciava o Tio Mário dos demais é que ele amava o campo, os outros eram urbanos e viviam em cidades grandes. Tio Mário fez o curso técnico de contabilidade, mas não queria ficar em São Paulo. Seu pai tinha um amigo fazendeiro e foi conversar com ele sobre o filho. O amigo prometeu dar uma oportunidade assim que pudesse. Logo depois de se casar com a meiga e doce Maria (a pessoa mais calma e pacífica que conheci – para equilibrar com o gênio do marido), apareceu um convite para o Tio Mário administrar uma fazenda em Itápolis – interior paulista.

Sem experiência alguma, Tio Mário encarou esse desafio e se saiu bem. Amava aquilo: fazenda, plantação, gado e, principalmente, a boa e singela gente interiorana. Ele se firmou como administrador de fazenda e, depois de um tempo, comprou uma chácara para ele. Construiu sua casa e fez uma grande festa para inaugurar seu novo lar.

Para a festança, convidou os cinco irmãos e fez um churrasco no sábado à noite, com direito a música de viola; uma farra que atravessou a madrugada. Completando a festividade, resolveu fazer um jogo de futebol entre os "Amigos de Itápolis" contra os "Amigos de Novo Horizonte" – uma bela cidade vizinha de mesmo porte (e arquirrival no futebol).

No time de Itápolis jogariam três irmãos Castros, porém o meu avô não quis participar. Ele não jogava bem e brigava em toda partida que disputava – para ele não havia diferença entre futebol e boxe (esporte que praticou).

Conhecendo o histórico do irmão, acharam melhor mesmo ele não jogar. Só que surgiu um imprevisto: não havia juiz para a partida. Ninguém que conhecia as regras do futebol queria entrar numa encrenca dessa: duas cidades vizinhas, rivais e com três Castros num time só, ninguém era louco...

(Apitar uma partida de futebol de campo é uma das atividades mais difíceis que um ser humano pode executar... São vinte e dois jogadores para um árbitro, o qual tem que ver e analisar tudo à sua volta. E decidir na hora).

O Tio Mário, não encontrando saída, foi pedir ao irmão, cujo apelido era Maneco, para apitar a peleja:

– Maneco, você é minha última esperança... Faça esse favor para o seu irmão caçula...

– Não! Como posso ser juiz com três irmãos num time só?

– Por favor, mano, nunca te pedirei mais nada na vida... (todos os irmãos dizem isso!).

Bem, a insistência foi tanta que meu avô aceitou ser o juiz do bendito jogo. Na verdade, ele não teve alternativa. Estavam postos todos os ingredientes para uma boa confusão... E não deu outra!

Meu avô, na preocupação de ser imparcial, começou a decidir a favor dos novorizontinos. Dúvida: bola para Novo Horizonte! Com isso, o time de Itápolis foi ficando nervoso e perdendo a concentração no jogo. Já o esquadrão visitante ficou à vontade no confronto, e começou a jogar muito bem. Novo Horizonte estava em vantagem no placar até o final do jogo. Quase para terminar, o meu avô marca um pênalti: a favor de Novo Horizonte!

Nessa hora, os três irmãos Castros, que já estavam bem nervosos, perderam a cabeça e saíram correndo atrás do juiz (que, no caso, era o irmão deles). O juiz não teve dúvida: saiu em disparada porque percebeu que os três estavam transtornados, alucinados.

Como meu avô estava mais descansado do que os jogadores, e mais assustado também, ninguém o alcançou. Foi correndo até a chácara, que era perto do campo, entrou em casa e disse para as mulheres presentes:

– Moças, trabalho para vocês: acalmem meus irmãos! Eles jogaram mal, perderam a partida e agora querem me bater. Vou tomar um banho, abrir uma cerveja e adiantar o churrasco. Agora, só cerveja e churrasco salvam a minha pele!

– Está bem, Maneco, disse a Tia Maria. Vou chamar o Matias para te ajudar com o churrasco; ele é um excelente churrasqueiro. Fique tranquilo, a gente acalma teus irmãos.

Mais certo estava o violeiro Mamaco, que disse de madrugada:

– Pessoal, o que importa mesmo é um bom causo de família! Isso vale ouro: daqui a cem anos seus descendentes estarão contando essa história.

Cem anos se completarão daqui a nove... Mamaco estava com a razão!

Mãe, devolve o Lenildo!

ao amigo Lenildo

Estávamos no começo de 1995; a Marília tinha dois anos e a Heloísa, seis meses. Esta pequena história nos marcou bastante porque foi a primeira vez que as duas brincaram juntas – ou, pelo menos, a Marília deu à Heloísa um papel a desempenhar na brincadeira.

A Valéria colocou a Heloísa em uma cadeirinha do tipo "bebê conforto", de frente para o berço minicama da Marília, para ver se elas se distraíam uma com a outra. A mais velha inventou uma história complicada que exigiu que levássemos várias bonecas e brinquedos para a cama dela, e ficava falando e mexendo nas bonecas sem parar... Ela se movimentava bastante e, de vez em quando, falava com a Heloísa alguma coisa, a qual se entretinha com alguns brinquedos em seu colo.

Abro parênteses para contar que um personagem que entrará na história agora, o Lenildo, foi um porteiro muito amigo que tivemos na rua José Getúlio, Aclimação. Seu turno era das 14 às 22 horas e, como somos vespertinos e noturnos, foi com ele que tivemos mais contato. Ele fazia a maior festa com as meninas e nos ajudava bastante com os carrinhos de bebê e as demais tralhas. Mais tarde, ele seria também um grande amigo da nossa cachorrinha Lila, a qual ele chamava de "Fofa" e emprestava o ventilador para ela se refrescar um pouco nos dias e noites quentes, quando saíamos para passear. Ela, que gostava de pouca gente, adorava o Lenildo: se deitava do lado dele e "permitia" que ele fizesse carinho nela.

Bem... voltando... as duas já estavam brincando há algum tempo, quando a Valéria precisou pegar a Heloísa por um motivo qualquer. Daí, a Marília ficou indignada e disse:

– Ei, mãe, onde você está levando o Lenildo?

A Valéria ficou um tempo olhando para a Marília e para a disposição dos brinquedos na caminha até perceber o que estava acontecendo ali. A filha estava brincando de receber as amigas em casa e depois, saíam para a rua (provavelmente imitando a mãe e a Tia Nê). E quando elas passavam na portaria do prédio, cumprimentavam o porteiro – no caso, o simpático Lenildo (interpretado pela Heloísa).

A Valéria olhou para a Heloísa sentada naquele "bebê conforto" – paradona – e começou a rir... Entendeu que o personagem da Heloísa, na brincadeira, era ser o "Lenildo". E foi assim que elas brincaram juntas pela primeira vez: a Marília de madame e a Heloísa de porteiro do nosso prédio.

A gruta de Jonas

Jonas era hebreu, filho de Amitai, ambos carpinteiros em uma pequena aldeia na Judeia. Amitai é o nome do pai do Profeta Jonas, por isso o carpinteiro Amitai quis prestar uma homenagem ao personagem bíblico, o qual ele muito admirava. Uma coincidência proposital de nomes, portanto. Porém, a história de vida de Jonas pareceu, às pessoas de sua época, uma nova mensagem daquele Profeta.

Jonas não era muito religioso, era um jovem relapso com as Leis do Antigo Testamento; seu pai sempre precisou lhe chamar atenção para que lesse e estudasse mais as Leis. Dessa forma, a imagem de homem santo que adquiriu foi uma grande ironia do destino. Ele mesmo achava isso, e nunca deixou de dizer aos homens e mulheres de seu tempo que ele não era um santo homem, que não tinha o poder de curar os enfermos e nem de levar felicidade aos jovens casais. Mas de nada adiantava, ao contrário, surtia sempre um efeito contrário cada vez que ele esclarecia isso.

Como já dito, Jonas era um carpinteiro habilidoso, forte e bonito. Mas não se enamorou de nenhuma jovem de sua aldeia. Combinou com o seu pai, um homem rude, porém justo, que iria trabalhar por um ano sem descanso. E guardaria todo o seu pagamento para viajar pelas redondezas, sem pressa, e descobrir, enfim, a sua amada.

Um ano após o acerto, Jonas perambulou de aldeia em aldeia, estabelecendo-se em hospedarias e oferecendo o seu mister a quem precisasse. Procurava participar de todas as atividades e celebrações dos lugares, para encontrar o seu amor. Ele tinha fé que descobriria a mulher de sua vida, e foi assim que adquiriu o hábito de rezar. Na verdade, pedindo para si mesmo uma graça, aproximou-se do Senhor, assim, diga-se, por egoísmo.

No terceiro povoado, encontrou a exuberante e bela Raquel, e se apaixonou por ela à primeira vista. Ofereceu os seus préstimos ao pai da moça, um pequeno comerciante, por preço irrisório. Foi plenamente correspondido pela jovem. E confessou ao pai dela, Isaque, suas pretensões. O pai ouviu Raquel e concordou com o relacionamento, mas pediu para Jonas mudar-se para aquela aldeia para conhecê-lo melhor. E que, posteriormente, gostaria de ser apresentado à sua família.

Jonas, exultante, resolveu voltar rápido para a casa de seu pai.

Contudo, aconteceu algo que está entre as coisas mais difíceis de ocorrer com as pessoas, em todos os tempos e em qualquer lugar do mundo. No caminho de volta, passou por uma vila rural que possuía apenas alguns criadores de ovelhas. Pediu repouso na casa de um deles, dizendo que pagaria com o seu labor. Noah, o proprietário, disse que ele poderia pernoitar ali. E que não precisava retribuir com nada.

Jonas, admirou-se com a firmeza e bondade de Noah. Dormiu na casa de ferramentas, e no outro dia resolveu retribuir, fazendo alguns consertos simples, por conta própria. Foi o maior erro de sua vida.

No meio da manhã, deparou-se com Lia, a linda filha de Noah, de cabelos loiros como a luz do Sol, e olhos claros, apaixonou-se – de novo – e perdidamente. Como pôde ocorrer aquilo? Outra paixão, na mesma semana? Muitas pessoas passam a vida inteira sem um grande amor e ele, em poucos dias, apaixona-se perdidamente por duas mulheres?

Pediu a Noah para ficar mais uns dias, com a desculpa de terminar os reparos iniciados em sua propriedade.

Não teve jeito: só pensava em Lia. E conversou com Noah que, depois de consultar a filha, deu a mesma resposta de Isaque: ele deveria ficar com eles um período e depois fazer conhecer a própria família.

Jonas, feliz, colocou-se a caminho de volta, dessa vez, sem mais paradas... Na estrada, começou o seu estranho e longo martírio: ora pensava em Raquel, ora pensava em Lia. Ora amava Lia, ora amava Raquel.

Chegando em casa, quis logo conversar com o pai. Amitai aconselhou-o a procurar um lugar tranquilo e rezar para que o Senhor lhe mostrasse qual seria a sua futura esposa.

Depois de matar a saudade da família, de seus primos e amigos, saiu em sua jornada de reflexão e descoberta. Resolveu ficar no meio do caminho: onde, entre as duas aldeias, havia uma bifurcação das trilhas. Descobriu uma gruta e resolveu ficar ali mesmo para a sua meditação. Limpou bem o lugar, e com sua habilidade de carpinteiro improvisou um catre e um genuflexório. Ficou confortável a "sua casinha", e decidiu que só sairia dali com a resposta sobre quem seria a sua amada.

Foi aí que Jonas se deu conta da similaridade de situações entre ele e o seu homônimo bíblico – um estava entranhado dentro de uma gruta e o segundo, passou três dias dentro de um grande peixe. Os dois buscavam respostas do Senhor, as quais os homens nem sempre conseguem entender com rapidez e serenidade. Jonas resolveu então, estabelecer uma rotina de afazeres: pescar no riacho, aprontar pequenas armadilhas para animais, procurar frutos, banhar-se e rezar. Rezar muito.

Até que um homem chamado Ethan foi procurá-lo. Disse-lhe que seu filho estava muito doente, e como disseram que ali na gruta havia um homem religioso, resolveu pedir-lhe a graça de... Jonas interrompeu-o dizendo que não era de modo algum um homem santo. Que de fato rezava muito, mas para chegar a uma resposta de Deus relacionada ao seu próprio amor humano. O viajante não se satisfez, e disse que um verdadeiro homem santo nunca diz que é especial, muito menos santo, mas o mais humilde dos homens...

Jonas percebeu que já tinha adquirido alguma fama, e que o melhor a fazer agora era livrar-se logo do homem. Disse-lhe, improvisando uma resposta, que pegasse nos arredores uma pequena pedra e rezasse de frente a ela pedindo a graça a ser alcançada. E que dissesse em oração silenciosa o seu próprio nome e o do filho. Mas que não pedisse bens materiais ou poder.

O crente cumpriu as ordens determinadas e consultou-o em que local deveria deixar a pedra. Jonas o orientou a colocá-la de um dos lados da entrada da caverna.

Para sorte do homem, mas não para Jonas, o rapaz se recuperou e foi agradecê-lo pela cura. O problema é que essa história percorreu a redondeza, e todo dia homens e mulheres procuravam o homem religioso para curar alguma enfermidade. Com o tempo, já sabiam as regras e pouco incomodavam Jonas – que dizia necessitar de muito tempo e silêncio para as suas orações. Muitos destes fiéis, adquiriram o hábito de levar-lhe pães, peixes, carnes, frutos e grãos. No final do dia, distribuía para outros caminhantes o excesso de alimentos recebidos. Isso só fez aumentar a sua fama.

Um dia, passou uma jovem que lhe fez um pedido inaudito: que lhe ajudasse a se casar, pois o homem que ela amava não tomava a iniciativa de falar com o pai dela. Mais uma vez improvisando, Jonas pediu que ela deixasse escrito o nome dela, do amado e dos respectivos pais. A moça se casou e ele então, adquiriu também a fama de casamenteiro. Isso fez Jonas dar boas risadas, algo que não fazia há muito tempo, pois justo ele, que não conseguia se decidir com quem casar, virou "homem santo casamenteiro".

Esta nova fama trouxe-lhe a possibilidade de acompanhar os casamentos das aldeias da redondeza, porquanto também os jovens recém-casados iam lhe pedir uma bênção para serem felizes. Pensou então que caso ele visse o nome de uma das duas – Raquel ou Lia – e de seus pais, pronto... estaria livre para se casar com a outra.

Isso renovou-lhe as esperanças, e fez lembrá-lo de outra passagem bíblica das mais importantes: a história de Jacó, que serviu a Labão, pai de Raquel – serrana bela – por sete anos; mas não servira ao pai, servira a ela e a ela só por prêmio pretendia. O pai, usando de astúcia, em lugar de Raquel deu-lhe Lia. Vendo o triste pastor que, com enganos, fora-lhe negada a sua pastora, como se não a tivera merecida, começa a servir outros sete anos dizendo: "Mais servira, se não fora, para tão longo amor, tão curta a vida!" (Poema de Luís de Camões). Apesar dos mesmos nomes, a sua Raquel e a sua Lia não eram irmãs nem primas, e diferentemente de Jacó, que amava mais a Raquel, ele amava as duas igualmente. Assim, continuava sem solução a sua angústia.

Na véspera de se completar um ano, Jonas achou que estava na hora de decidir de uma vez por todas, pois não queria envelhecer naquela gruta. Resolveu escrever em um papiro o nome de Raquel e de seu pai, Isaque. Em outro, o nome de Lia e seu pai, Noah. Colocou-os, na hora de dormir, sobre o seu peito. De manhã, se ele acordasse segurando um dos papiros, pronto, estava resolvida a questão. No caso de acordar sem nenhum papiro em suas mãos, repetiria o procedimento até conseguir a resposta. Se acordasse segurando os dois papiros, repetiria a conduta também.

Antes de dormir, ele rezou com todo o fervor e pediu perdão pelas suas tantas hesitações e dúvidas em relação a Deus e seus caminhos. Tinha fé que ia agora resolver tudo daquela vez.

Naquela noite, Jonas sonhou com as duas: com Raquel e com Lia, com Lia e com Raquel. E foram sonhos tão bonitos, e tão plenos, e tão iluminados... que seu peito transbordou de amor...

De manhã estava com um bonito sorriso no rosto. Semblante terno... calmo... Porém, não despertou mais. E em suas mãos, bem fechadas, estavam os dois papiros.

Os viajantes logo chegaram e perceberam o silêncio absoluto na gruta. Não quiseram mexer no corpo do "homem santo". Chamaram os sacerdotes das aldeias vizinhas para a preparação dos funerais. Os religiosos perceberam os papiros nas mãos de Jonas, e os abriram. E viram o que estava lá escrito. Esse fato logo se espalhou e Isaque e Noah foram conversar com os sacerdotes, que os aconselharam a trazer Raquel e Lia para velarem e se despedirem daquele pobre homem que rezara tanto por suas amadas.

A família de Jonas e os amigos lavaram o seu corpo, untaram-no com óleos aromáticos e o enrolaram em panos. Os preparativos foram acompanhados por Raquel, Lia e seus familiares. Seu corpo foi enterrado em sua Gruta, seguindo o padrão estabelecido pelos patriarcas Abraão, Sara, Isaque, Jacó e outros, os quais foram enterrados na Caverna de Macpela, perto de Hébron.

A "Gruta de Jonas" continuou a ser procurada pelo povo daquela região para os pedidos de cura dos enfermos e para as bênçãos aos noivos. No entanto, nunca houve consenso sobre a sua vida. Uns disseram que Jonas foi um homem infeliz. Já que, tendo dois amores, não teve nenhum de fato. Não compartilhou a vida com uma companheira e não deixou descendentes. Outros, que era mesmo um homem santo e que renovou a mensagem do Profeta Jonas, a fim de que os homens se reaproximassem de Deus e tivessem mais fé em suas vidas. Já o sacerdote mais sábio da região apresentou-lhes uma terceira opinião: a de que Jonas foi abençoado com dois grandes amores em sua vida. Que nós não conseguimos entender de pronto todos os desígnios do Senhor. Porém, poucas pessoas conhecerão tanto amor em uma só vida ao mesmo tempo, como o jovem Jonas.

Artistas eleitorais

Sou um artista eleitoral, um ator exclusivo da Justiça Eleitoral. Outros colegas também o são. Não fui descoberto pelo cinema (televisão não me interessa!). Assim, só atuei em filmes de instrução e treinamento para mesários e escrutinadores de votos. Foram três belos filmes: para as eleições de 1996, 1998 e 2000.

Em 1996, a filmagem foi no prédio do Tribunal Regional Eleitoral de São Paulo. Os atores foram selecionados com muito critério e rigor entre os funcionários. Lembro-me de que a colega Cléa estava grávida, então ela representou uma eleitora com prioridade de voto. O insuperável Evaldo Lopes Gonçalves da Silva, um jovial intelectual de 62 anos na época, interpretou um idoso. Não sem antes perguntar ao diretor do filme, que era da TV Cultura, o porquê de ter sido escolhido para aquele papel. Foi a primeira eleição com urna eletrônica, e somente as capitais e os municípios com mais de 200 mil eleitores a usaram (57 cidades no país). Eu tive um início de carreira modesto, é verdade, fiz o papel de eleitor comum na fila de votação. Não haviam descoberto ainda meu especial talento.

Pulo para 2000. A filmagem foi no Auditório da TV Cultura, no bairro da Luz. Foi o ápice da minha carreira, pois interpretei o personagem que, no final da eleição, ia buscar os disquetes e as atas das seções de votação para levá-los às juntas apuradoras. Nesse filme eu tive uma importante e única fala: "Presidente de Seção, a Justiça Eleitoral agradece a sua colaboração e a dos demais mesários!" Precisei usar uma camiseta brega e apertada da Justiça Eleitoral, mas tudo bem, fazia parte do figurino.

De 2000 em diante, todas as cidades passaram a utilizar a urna eletrônica.

Mas no ano de 1998, a filmagem foi histórica e entrou para o folclore do TRE/SP. O filme foi rodado na sede da TV Cultura, em um grande galpão. Apenas os municípios com mais de 40 mil eleitores utilizaram a urna eletrônica (537 cidades), assim houve a necessidade de se fazer um filme de instrução para os escrutinadores dos pequenos municípios.

Houve uma interessante mistura de atores profissionais (do teatro) com os servidores públicos. A juíza eleitoral era atriz profissional; o promotor público foi brilhantemente interpretado pelo meu grande amigo José D'Amico Bauab (o Zezinho). O secretário da junta era ator; um rapaz muito engraçado que fez observações bem criativas. Por exemplo, numa pausa ele se virou para um amigo e disse: "Você, para mim, não passa de um simples escrutinador!". Foi aí que eu percebi que essa palavra era bem feia. Dá até para usar como xingamento. Eu fiz o papel de um simples escrutinador. O decano Evaldo fez o papel de fiscal de Partido, e o Marcos Manrai de delegado de Partido. O Manrai, que também era ator de teatro, foi reconhecido pelos outros atores e pelo diretor, e recebeu um papel de destaque no filme.

Estávamos quase no final da extenuante gravação, quando a atriz que fazia a juíza eleitoral começou a errar muito. Talvez ela estivesse cansada ou apenas completamente desinteressada daquele emocionante assunto. Na última cena, o delegado de Partido – Manrai – desconfia que um lacre da urna de lona fora violado. A magistrada, depois de ouvir o promotor, nomeou o perito *ad hoc* Lincoln, um outro colega, para uma análise criteriosa. Ocorreu que o lacre que vedava a urna já tinha sido usado em outras tomadas e estava ficando sem cola, não aderia mais – uma coincidência enfim. Tinha razão o delegado de Partido. O diretor do filme solicitou outro lacre de vedação, mas foi informado de que havia acabado aquele tipo de lacre. Teria de ser solicitado ao almoxarifado do TRE. Criou-se um clima tenso no estúdio. O diretor pediu silêncio e o empenho de todos, pois faria apenas mais uma tomada, e "que tudo tinha de sair perfeito daquela vez". A juíza-atriz entendeu o recado e caprichou. Ela, então, chamou o perito Lincoln. Ele se deparou com aquele lacre quase pulando sozinho da urna e hesitou um pouco. Então, ele proferiu estas belas palavras: "Doutora, acho que o lacre está intacto. Está tudo certo!"

Decidiu a magistrada: "Não houve violação do lacre. A tampa da urna não foi aberta indevidamente!" Porém, o delegado Manrai fica inconformado com a decisão, eleva bem a voz e diz de forma contundente:

– IMPUGNO! ESSA URNA ESTÁ IMPUGNADA!

O nosso herói Evaldo, que lia absorto e concentrado uma revista semanal camuflada em sua prancheta de fiscal, leva um grande susto e pegando no braço do Marcos Manrai, que estava ao seu lado, diz para ele:

– Calma! O que está acontecendo com você?

O diretor grita: "Corta! Gravação Encerrada!"

E o filme ficou assim mesmo. Apenas tomou-se o cuidado de tirar o som da última frase. Na parte do Evaldo, entrou o narrador explicando o que acontece com uma urna impugnada na apuração. Uma pena, a fala mais famosa dos atores do TRE/SP não ficou registrada para a história.

A partir das eleições de 2002, o TSE decidiu fazer os filmes de treinamento de mesários em estúdios profissionais de gravação. E esse foi o fim de uma trupe de autênticos e simpáticos atores exclusivos da Justiça Eleitoral.

Corta!

Entrei no ciclo de vida das pulgas!

As pulgas existem há 60 milhões de anos e possuem notável poder de adaptação, alimentando-se do sangue alheio (muito espertas elas!). Por isso, são consideradas ectoparasitas (parasitas externos) e se alimentam majoritariamente do sangue de mamíferos e também de algumas aves.

Tantos milhões de anos nessa função, fez com que se tornassem especialistas em sugar mamíferos. Assim, acabaram por se especializar em grupos de animais: existem pulgas exclusivas para cachorros, gatos, humanos, hamsters, morcegos etc. A Peste Bubônica, que matou um terço da população europeia do século XIV, foi transmitida pela pulga do rato, que estava infectada pela bactéria *Yersinia Pestis*.

As pulgas estão entre os maiores saltadores do mundo animal; conseguem saltar duzentas vezes o seu tamanho: alcançam 18 cm na vertical e 33 cm na horizontal. O seu corpo possui pelos projetados para trás, os quais têm a função de evitar que caiam dos hospedeiros quando estes se coçam ou sacodem. Elas têm três pares de pernas, sendo as últimas as mais poderosas.

Mas afinal: onde entra o Frans no Ciclo de Vida da Pulga?

Calma gente! Em 2021, ficamos na pequena cidade paulista de Santo Antônio do Jardim tentando fugir do novo coronavírus. Temos a companhia da nossa cachorrinha Filó, de um ano e meio. Ela é uma cadelinha de porte médio para pequeno e pelos longos e brancos (que estão quase sempre tosados). A Filó é mansinha e muito alegre, porém tem energia demais; todos os dias ela precisa passear e brincar muito. A parte de passear é comigo; andamos pela cidade mais de uma hora, todas as tardes.

Daí a veterinária dela disse que havia uma infestação de pulga na cidade e que deveríamos dar para a Filó – uma vez por mês – o produto NexGard, da farmacêutica alemã Boehringer Ingelheim, contra pulgas e carrapatos.

De fato, a Filó estava sem pulgas. Porém eu, que durmo com ela, comecei a levar umas picadas à noite e desconfiei que eram os danados "insetos sanguessugas". A veterinária é nossa vizinha, assim, dei um pulo no consultório dela (aliás, aqui no Jardim todos somos vizinhos de todos!).

– Dra. Ana, tenho levado umas picadas à noite e desconfio que sejam pulgas. A Filó, aqui em Santo

Antônio do Jardim, está dormindo no mesmo quarto que eu; e, no meio da noite, ela pula na minha cama, dormindo aos meus pés.

– Deixe-me ver as picadas, disse ela.

Como eu estava de bermuda, mostrei minhas lindas pernocas pra ela. E também algumas mordidas nos braços.

– Ah, já entendi, Francisco. Boas notícias!

– Hã?!

– Quer dizer, boas notícias pra Filó... pra você nem tanto...

– Estas mordidas são de pulgas, Dra. Ana?

– São... são mordidas das pulgas da Filó.

– Como assim, doutora?

– Vou explicar: o princípio ativo do NexGard é o afoxalaner. É um produto de última geração que faz efeito assim que a pulga morde o cachorro (ou o gato) para tirar o sangue; ele causa um descontrole do sistema nervoso central do inseto, causando uma hiperexcitação prolongada e fechando a sua "glote". Na verdade, esse descontrole nervoso deixa a pulga "baratinada"

– Dra. Ana, e onde minhas pernas entram nessa história?

– A pulga fica desesperada e por instinto de sobrevivência, pula do animal e procura outro mamífero por perto, com a esperança de que outro sangue normalize o seu estado de excitação e para saciar a fome, pois o sangue não passa mais pela "glote". E começa a picar seguidamente quando encontra um outro cachorro, gato ou o ser humano, até morrer em pouco tempo. Assim, como você está dormindo com ela à noite, a pulga salta da Filó e encontra a sua perna.

– Quer dizer que eu sou a última etapa do ciclo de vida da pulga da Filó?

– Nunca tinha pensado desse modo; Francisco, de fato, é o quinto estágio: ovo, larva, pupa, adulto e...

– Perna ou braço do Francisco.

– Você é engraçado, Francisco...

– Eu me sinto até orgulhoso: sou a última etapa da vida de uma pulga! Mas a Filó está sem pulga, certo?

– Está, Francisco. Ela está ótima, sem pulgas, sem carrapatos e sem fungos.

– Dra. Ana, acho que o nome mais apropriado para este remédio seria "Nextgard": "Livre seu animal de estimação das pulgas passando ao próximo!". Pena que, no caso, o próximo sou eu.

– "Nextgard!", essa foi boa! Vou contar aos meus colegas. Mas a alternativa para resolver este caso seria a Filó dormir na área de serviço ou na copa, longe de vocês.

– Olha, Dra. Ana, é mais fácil me colocarem pra dormir na área de serviço do que a Filó dormir lá... Ela vai ficar raspando a porta, chorando... ninguém vai conseguir dormir.

– Então faça o seguinte, passe na farmácia Americana, ali te receitarão uma boa pomada para amenizar a coceira. E agora, uma boa notícia pra você: o pico desta infestação de pulga já está passando. Mas procure não coçar, senão pode inflamar, viu?

* Colaboração de Silvia Schapira – minha querida amiga.

A lágrima perdida

Uma lágrima foi encontrada na natureza. Foi coletada com todo o cuidado e estudada a fundo. Tratava-se de uma lágrima humana. Foi o que disseram os cientistas ao analisarem o código genético do líquido lacrimal. Não conseguiram definir se era de mulher ou homem, de criança ou adulto e nem a sua origem étnica. Mas, com certeza era uma lágrima humana. De quem seria? Por que ou por quem foi derramada? Qual a sua história? E, por fim, o que fazer com ela?

Ouviu-se, então, os especialistas: médicos e antropólogos; religiosos e políticos; sábios e artistas; filósofos e místicos. A copeira, que servia água e café na reunião, pediu a palavra:

– Vocês permitem um palpite de uma velha ignorante?

Foi-lhe dada a palavra:

– Bem, – disse a mulher – se os senhores que são estudados e inteligentes não sabem o que fazer com a lágrima, então, eu sugiro que ela seja bem guardada para que no futuro, com os novos conhecimentos que virão, nossos descendentes estudem melhor a lágrima.

A sugestão foi aceita com entusiasmo pelos circunstantes, e a gota foi guardada da forma mais segura possível.

O tempo passou (inexorável e insensível como sempre!). Então... queimaram-se as florestas e as matas; morreram os rios e os lagos; envenenou-se o ar e o mar; e, por fim, acabou-se todo e qualquer tipo de vida na Terra.

Quando viajantes espaciais aqui chegaram, só encontraram desertos e pó. ("O pó retorne à terra, de onde veio, e o espírito volte a Deus, que o concedeu." – Eclesiastes 12). Inconformados, pois tinham conhecimento de que existira vida inteligente neste planeta, exploraram tudo – ar, terra e mar. Até que encontraram a lágrima guardada. Estudaram-na e decifraram o seu código genético. Resolveram, então, editar o ser que verteu aquele líquido, pois precisavam descobrir como um ser dotado de inteligência permitiu o aniquilamento total de seu próprio lar, de sua própria casa... Como foi possível um lugar pleno de vida ser transformado apenas em desertos e pó? Por que deixaram isso acontecer?, perguntaram-se os visitantes, olhando aquela lágrima perdida.

Julieta e Romeu, mineiros!

Julieta era a filha única de um rico e poderoso fazendeiro, Antônio José de Campos Salles, e de Dona Benta. A menina era bonita, delicada e gentil.

Nhô Campos era o proprietário da segunda maior fazenda da linda região de Caldas, Sul de Minas Gerais – cidade de treze mil habitantes pelo Censo de 2010.

O único problema de sua vida era exatamente o detalhe narrado acima: era o dono da segunda maior fazenda e não da primeira. E isso o irritava muito.

Sua esposa, seu irmão e seus poucos amigos tentavam convencê-lo de que sua ambição era descabida, pois possuía uma rica propriedade, uma esposa bela e uma doce filha. Tudo em vão. Afirmava que não sossegaria enquanto não se tornasse o maior proprietário de toda a região de Caldas.

Bem, mas "O diabo mora nos detalhes", diz um provérbio alemão. E o dono da maior propriedade era um jovem que enriquecera na política; tão ambicioso, rude e competitivo quanto Nhô Campos. Seu nome era Dr. Cordeiro – que de cordeiro só tinha mesmo o nome.

Já Romeu, era filho da cozinheira Cida, vivia numa casinha ao lado da grande sede dos Campos Salles. A proximidade se justificava porque Cida era a primeira a chegar logo de manhã, começando a preparar o café e o almoço. Funcionária exemplar, estava com a família Salles há muitos anos. Romeu era esperto, educado e hábil. Construía pipas e carrinhos como ninguém, e desde pequeno gostava de mexer com madeira e fazer seus próprios brinquedos. Ele e Julieta tinham a mesma idade, e era comum que brincassem juntos. Nhô Campos, desde a tenra infância dos dois, cismava com aquela amizade. Os pais davam bonecas e casinhas das mais modernas para a menina, porém ela preferia os brinquedos de madeira do Romeu e a sua companhia.

Quando eles chegaram na idade escolar, Nhô Campos ficou esperançoso de que com os colegas novos do colégio, a filha esquecesse daquele molecote. Julieta estudava no grupo escolar da cidade de Caldas, e Romeu na escola rural. Isso era proposital a fim de que se separassem as crianças ricas e de classe média das pobres. Viam-se menos, contudo, quando se encontravam, era a mesma alegria e vontade de contar as novidades um para o outro.

Quando os dois já tinham quinze anos, despertou-se em ambos outros sentimentos e desejos. Assim, não tardou para o primeiro beijo.

Logo, um mexeriqueiro foi levar ao patrão a notícia desse princípio de namoro dos adolescentes. Nhô Campos ficou transtornado e ameaçou a Cida com duríssimas palavras:

– Se esse pirralho da peste do seu filho tocar de novo na minha filha, você está demitida. E não vai conseguir emprego em mais nenhum lugar desta região.

A mãe conversou com Romeu, chorando e implorando para ele parar com aquilo, pois ela pressentia uma desgraça no ar. O jovem já estava preparado para aquela situação – sabia que era só questão de tempo para o patrão persegui-lo ainda mais. E prometeu à mãe que resolveria tudo sem nenhuma violência, usando só a cabeça, como ele tinha aprendido no colégio e nos livros que a professora o emprestava.

Romeu já tinha matutado um plano. Porém, aprendera que quanto menos falasse, mais chance de sucesso teria. Falaria à mãe e à Julieta o mínimo que pudesse. E assim, esperou uma boa oportunidade para conseguir falar com a amada.

– Julieta, eu já sabia que chegaríamos a este ponto. Seu pai não quer que a gente se veja mais. Por ora, não temos condições de fazer qualquer coisa. Escute bem o que eu vou dizer, palavra por palavra: de madrugada eu vou fugir de casa sem contar nada pra minha mãe. Irei para uma cidade grande e vou aprender tudo sobre carpintaria. Eu serei um excelente profissional, e daí poderei ter uma casa e te sustentar. Você tem que aguentar firme. Continue estudando bastante e finja que me esqueceu. Teu pai vai querer que você se case com algum rico da região. Você vai fingir que está de acordo, mas isso só pode ocorrer daqui uns seis ou sete anos para eu me estabelecer bem.

– Vou ficar sete anos sem te ver? De jeito nenhum. Não, não aceito. Vou enfrentar o meu pai agora mesmo!

– Não, Julieta, não temos pra onde ir e nem tenho ainda uma profissão. Nós precisamos ao menos ter dezoito anos. Você tem que confiar em mim... eu te amo, Julieta!

– Mas, como eu vou aceitar me casar com outro? Eu não quero, Romeu!

– Mas isso faz parte do meu plano: no dia do casamento você dirá que quer chegar na Igreja uma hora antes, para se confessar a sós com o padre. Depois é comigo, não posso te falar mais nada agora. Eu sempre estarei por perto, e prometo que todo ano vou te ver na Festa de Santo Antônio da nossa Paróquia. Fique bem bonita nas festas, mas eu não falarei com você para não estragar nosso plano. Vou só ficar te olhando de longe... Vai dar tudo certo, Julieta, você tem de confiar em mim.

– Uma hora antes da cerimônia? Está certo! Nunca esquecerei estas palavras. Ficarei repetindo para mim mesma.

– E Julieta: não se esqueça de levar os teus documentos e uma fotografia de seus pais, tudo escondido, é claro!

Deram um beijo de despedida, e Romeu partiu, sem ser notado.

O rapaz tinha planejado ir para uma cidade grande, aprender o ofício de carpinteiro e guardar o máximo dinheiro possível para a sua jornada posterior. Julieta, seguiu fielmente tudo o que lhe dissera o namorado. Ela refazia, de cabeça, palavra por palavra tudo o que ele dissera. Não escrevia nada pois não confiava no pai, e em sua rede interna de fofoqueiros. Nem para sua mãe deixou escapar qualquer coisa. Tinha de fazer exatamente o que ele lhe pedira. Continuou boa aluna, se formou na Escola Normal, e passou a dar aulas para as crianças mais novas (o antigo primário). Julieta queria lecionar, não ia ficar em casa o dia inteiro como a sua mãe fez a vida toda. Seu grande prazer era a leitura e os sonhos. Adorava os romances brasileiros: *Iracema, O Guarani, Lucíola, Diva e Senhora* de José de Alencar; *A Moreninha* de Joaquim José de Macedo; *A Escrava Isaura* de Bernardo Guimarães; *Inocência* de Visconde de Taunay; *Memórias de um Sargento de Milícias* de Manuel Antônio de Almeida; *Helena* e *A Mão e a Luva* de Machado de Assis. Leu e releu todos eles. E eles eram os seus melhores amigos, confidentes e companheiros. O seu único real momento de felicidade no ano era o dia de Santo Antônio, na Festa da Paróquia.

Nesse dia, Julieta se fazia mais bonita e ia feliz para a quermesse. Andava, com as amigas ou sozinha, de um lado para outro, imaginando Romeu a observando. Ficava até tímida e se ruborizava sem motivo algum, só de pensar que ele a estava olhando.

Quando já estavam com 22 anos, o cobiçoso pai planejou o casamento de Julieta com o Dr. Cordeiro. Desse modo, resolveria seus dois estorvos para a plena felicidade: juntaria suas terras com as de Cordeiro, tornando-se a maior propriedade de Caldas, e se livraria de uma vez por todas daquele menino intruso, porque algo lhe dizia que Romeu ainda estava à espreita: "Tenho de ficar de olho bem aberto, pois o rapaz é tinhoso!", dizia sempre Nhô Campos.

No dia do casamento, Julieta fez tudo conforme o combinado com Romeu. De última hora, disse que queria chegar bem antes para se confessar com o Padre Anselmo. Seu pai, meio contrariado, disse que tudo bem, mas dois capangas iriam juntos, além da governanta.

Julieta pegou os documentos, a foto e foi para a igreja uma hora antes do casório – cuja festa estava programada durar uma semana. Disse à governanta para esperá-la sentada nos bancos da Igreja, uma vez que gostaria de falar com o Padre Anselmo a sós.

Quando Julieta entrou na sacristia, viu o padre de costas:

– A bênção, padre Anselmo!

– Eu te abençoo, filha, mas não sou o...

Nem terminou de falar, e Julieta já percebera a voz de seu amado. Romeu vestia uma batina muito bem-feita, um barrete preto na cabeça e estava com um bigodão postiço. Julieta sorriu o seu sorriso mais bonito e disse:

– Romeu, meu amor. É você?

– Sim, Julieta, sou eu! Me dê um abraço. Mas agora não temos tempo a perder! Vamos fugir! Trouxe roupas para você se trocar. Bem... espero que você goste do vestido! O tamanho... será que serve?

– Ah, Romeu, como estou feliz!

– Vamos! Quanto mais rápido formos embora, melhor!

Julieta trocou o vestido o mais rápido que conseguiu e quando estavam saindo pelo fundo da Igreja, ele disse:

– Agora temos de manter a calma. Lembre-se: eu sou um padre e você a minha assistente. Não olhe pra ninguém diretamente nos olhos. Eu estou com um fusca atrás da igreja para fugirmos. Vamos viajar direto para minha nova cidade. Lá fiz amizade com várias pessoas e, também, com alguns policiais e seu pai não vai poder fazer nada contra a gente.

No seu planejamento, Romeu não se esqueceu de trazer uma peruca, para que o disfarce de Julieta ficasse ainda melhor. Quando estavam saindo, deram de cara com um capanga... que lhe disse:

– Bença, padre!

– Bênção meu filho, e fique aí com Deus, viu? (Romeu tinha desenvolvido um excelente humor!).

Entraram no fusquinha – o carro dos jovens casais e dos enamorados – e partiram.

Julieta e Romeu se casaram e mantiveram distância de Nhô Campos e de Caldas, por cautela. Depois que o pai faleceu (vítima de amargura e ódio), voltaram para Caldas, a fim de encontrar Cida e Dona Benta – que ficaram muito felizes com a volta dos filhos. Eram agora uma família só. Romeu e Julieta tiveram quatro filhos, e se tornaram os melhores fazendeiros da região, tendo ajudado muito a vida daquela gente simples e boa. Uma das melhorias que fizeram foi a construção de uma nova escola, que juntou alunos de todos os cantos da cidade, com alunos da área urbana e da zona rural estudando juntos, muito maior e mais bonita que a anterior, e que teve a Julieta como sua primeira Diretora.

Por fim, foram pedir a bênção ao Padre Anselmo para aquela feliz união.

* História inspirada na música "Golpe de Mestre" de Tião Carreiro e Pardinho.

O Homem-Minhoca

Certa manhã, quando Dr. Gregor Samsa abriu os olhos, após sono intranquilo, viu-se transformado num monstruoso anelídeo. De costas ficou; mas logo percebeu que lhe era muito fácil rolar na cama e rastejar no chão do quarto. Ao se olhar no espelho, compreendeu, sem assombro, o que lhe tinha acontecido.

Dr. Samsa era um famoso geneticista tcheco que estava fazendo nos EUA variadas experiências com todos os tipos de anelídeos. Inclusive, usando radioatividade nos genes das minhocas (ele fora, por isso, contaminado).

Sentindo imensa fome, foi para o jardim de sua casa e se refestelou com aquela tenra terra. Depois de seis horas embaixo da terra, voltou ao seu formato humano. E percebeu que ficava seis horas como anelídeo e seis como homem. Era um ciclo preciso e infalível.

Ele gostou bastante dessa nova conformação, pois enfim sua vida sairia do enorme marasmo de livros e laboratórios – era um antigo e secreto sonho de aventuras – Dr. Samsa era no fundo um romântico.

Descobriu-se possuidor de superpoderes na modalidade minhoca: força, rapidez embaixo e em cima da terra, muita coragem e uma sofisticada percepção de quando um crime ocorreria e como! Assim, ele se deslocava com rapidez e salvava vidas. Nascia, então, o Homem-Minhoca!

No começo, e todo começo profissional é difícil (vocês bem sabem disso!), ele enfrentou deboche e descrédito da imprensa, da polícia e do público. Mas, com os atos heroicos que o simpático verme foi realizando, tornou-se muito querido de todos. Era o caçula dos super-heróis. Era o especialista chamado para chegar aos locais de difícil acesso por terra ou pelo ar; assim, o destemido Homem-Minhoca pegava os vilões desprevenidos atacando-os por debaixo do solo, e salvando muitas vidas – algumas inocentes e outras, nem tanto.

Mas, certa feita, houve uma fatalidade atroz com o nosso gosmento e fofo justiceiro. Em uma perigosa ação, outros heróis foram ajudá-lo. O Homem-Aranha já estava regressando para sua casa, quando recebeu o chamado para se apresentar urgentemente. Porém, ele estava sem almoçar e já era quase noite – estava faminto e intranquilo. O lado aracnídeo tomou conta dele, prevalecendo sobre o humano. E ele atacou vorazmente aquela suculenta e grande minhoca, comendo-a. Mas ainda se lembram desse rastejante e simpático super-herói.

Esta singela crônica pretende homenagear a memória do desafortunado e heroico Homem-Minhoca – "O verme mais querido que já existiu".

“A venda do Opel”

O biênio de 2020 e 2021 foi penoso para o mundo todo: pandemia, morte, lockdown, quarentena, solidão... Mas a vida teima em seguir em frente. Assim, em Portugal, o Fernando colocou um automóvel da marca Opel à venda e, num sábado à tarde, toca o telefone:

– Alô! Aqui quem fala é o Fernando.

– Boa tarde, Fernando! Meu nome é Jorge.

– Pois não, Jorge. Em que posso ajudá-lo?

– Foi o senhor que colocou um Opel à venda?

– Sim! Fui eu mesmo.

– Pois estou ligando para informá-lo que não estou interessado em comprar o teu Opel.

– Desculpe, não entendi direito.

– Fernando, eu estou te telefonando para avisar que não tenho interesse em comprar o Opel colocado à venda.

– O senhor está me ligando só pra avisar que não está interessado no meu carro?

– Exatamente! Não estou interessado. Mas me diga, Fernando: a marca Opel é da GM?

– Já foi. No começo do século 20, a GM comprou a alemã Opel para operar na Europa. Porém em 2017, o grupo francês PSA – que detém as marcas Peugeot e Citröen – comprou a Opel da GM.

– Fernando, muito obrigado pela explicação. Mas continuo sem interesse algum em comprar o seu veículo da marca Opel.

– Ôh Jorge? Você é um grande galhofeiro! Afinal, por que você ligou se não tem interesse em comprar o meu automóvel? Só pra perguntar se a Opel é da GM?

– Não, Fernando. É que eu coloquei um automóvel da Volvo à venda e fiquei um fim de semana inteiro ao lado do telefone e ninguém me ligou. Foi muito deprimente. Senti-me solitário demais, ainda mais com esta pandemia que não acaba.

– Ninguém te ligou porque ninguém estava interessado no teu Volvo. Agora, ligar só pra dizer que não está interessado! Já pensou se Portugal inteiro resolve me ligar pra dizer que não está interessado no meu Opel?

– Eu pelo menos não estou nada interessado, e isso você já sabe. Fernando, você sabia que a Volvo é sueca? Todo mundo pensa que é alemã, mas é sueca, e é um automóvel muito bom, viu?

– Oh Jorge, eu te tratei até agora como um lorde britânico agiria...

– Você é realmente muito educado, Fernando. Nem todo mundo é assim!

– Mas, Jorge, agora o meu sangue luso está falando mais alto e eu quero te dizer do fundo do meu coração: VÁ PRA... SEU FILHO DE UMA... E PEGA O TEU VOLVO SUECO E ENFIA...

(Um pouco de silêncio!).

– Jorge, você não desligou ainda?

– Não, Fernando.

– Bem, então, diga-me uma coisa Jorge: qual o modelo e de que ano é esse seu Volvo?

* Colaboração de meu amigo-irmão Ricardo Armentano Clark Reis.

O Rei do Queijo

Fui com o meu sobrinho, num sábado de tarde, comprar queijos em Andraras-MG, isso foi na saudosa época anterior à pandemia... Nós éramos felizes e não sabíamos!

Fomos ao Rei do Queijo. Existem lá várias queijarias boas na avenida de entrada da cidade, mas gosto de ir ao Rei do Queijo, que é uma casa tradicional, à moda antiga (de fato não tem nada de moderno lá, incluindo o proprietário).

O dono estava tomando cachaça e proseando com um amigo. Já que a gente insistiu em entrar na loja dele, ele veio – mansa e mineiramente – nos atender. Depois que escolhemos os queijos, os quais ele pesava e embalava com muita calma, o queijeiro fez as contas.

– Pode ser no cartão de crédito?, perguntei.

– Pode! Mas vocês passam o cartão. Porque eu já bebi um pouco, e os números começaram a embaralhar.

Meu sobrinho me olha surpreso, e eu digo: "Passe aí, Guilherme. Nunca usei essa maquininha."

Ele diz que também nunca usou, mas é de uma geração que tem muita facilidade com as máquinas. Ele conseguiu fácil e ainda esnobou: "O senhor vai passar no crédito ou débito?"

– Vai no crédito, por favor.

Ele destacou a primeira via, que é a do proprietário, e deu a segunda pra mim. Depois ele levou a via do estabelecimento pro mineiro, que já estava bebendo de novo com o amigo.

– Por favor, confira o valor – disse o meu sobrinho.

– Deixa disso, menino! Ôces tomam uma com a gente? Essa é por conta da casa, não vai precisar passar cartão.

A gente não podia fazer uma desfeita pra um convite tão sincero.

Viva Minas Gerais!

“O celular e o vaso sanitário!”

Alguns acontecimentos da vida são interessantes... E não sabemos ao certo se estão interligados.

Depois que engoliu sua prótese nova num dentista chique que tem uma cadeira branca de astronauta, minha grande amiga de infância deixou o celular cair dentro do vaso sanitário em sua casa. Foi uma queda muito bonita, atlética, segundo ela. Logo após o aparelho escapar de suas mãos, ele deu duas piruetas no ar, e ela quase conseguiu segurá-lo. Contudo, ele bateu em seus dedos, subiu mais um pouco, e aí sim, mergulhou direto, de ponta-cabeça, na água. Tal qual aqueles saltos ornamentais maravilhosos que vemos nas Olimpíadas.

Ela pensou: “Se tive classe quando engoli meu dente, terei agora de novo!” Saiu do banheiro, calma e magnânima, e disse ao marido que estava lendo sossegado na sala:

– Querido, empreste-me o seu celular. Quero fazer uma pesquisa no Google.

– Claro, pode pegá-lo. Mas onde está o seu?

– Está molhado! Deixei cair no vaso sanitário; já o recuperei e passei uma aguinha de leve – disse minha amiga bem calma, como se aquilo fosse algo rotineiro e banal.

– Ahh! Foi só o seu smartphone seminovo que caiu na privada, desculpe-me, no vaso sanitário? Só isso? – perguntou o cônjuge olhando de soslaio para a esposa.

– É... só isso! Já ouvi dizer que quando o celular molha, existe uma técnica de colocar no arroz cru por três dias e deixar um pouco no sol.

– Deve ser uma técnica milenar chinesa! Bem... o Google melhor dirá. Apenas vamos nos lembrar de que estamos na cidade de São Paulo e o sol de agora poderá dar lugar à chuva forte em uma hora! – observou o marido, que continuou em tom de brincadeira – Querida... estou pensando numa coisa: ainda bem que não foi o contrário! Você deixar cair a prótese nova no vaso sanitário e, depois, engolir o teu smartphone seminovo!

Explicação final: a técnica milenar chinesa deu resultado e o aparelho da minha amiga voltou a funcionar depois de um dia inteiro imerso no arroz cru. Maiores informações, vide Google!

A saga de Mané Tibiriçá

Para contarmos a "Saga de Mané Tibiriçá", precisamos começar pela história de Chiquinho, cujo nome completo é Francisco Anselmi Monsi.

Chiquinho era o segundo de quatro filhos do carteiro Jeremias Monsi e de Emília, sendo duas meninas e dois meninos. Tinha uma irmã um ano e meio mais velha, um irmão três anos mais novo e a caçula com sete anos de diferença. Teve uma infância feliz em São Domingos do Prata-MG, uma linda cidade com 17 mil habitantes cortada pelo rio da Prata. Lá pode-se visitar a Pedra da Baleia, várias cachoeiras, igrejas e fazendas históricas. A cidade tem, ainda, um rico artesanato.

Chiquinho era um menino tranquilo, talvez tranquilo até demais: até os três anos de idade não falava nada. Sua mãe Emília, preocupada com esse fato, o levou ao pediatra, que depois de muito examinar, perguntou:

– Quando ele quer água ou comida, como ele faz?

– Ele aponta, doutor, e faz um barulho com a boca.

– E vocês o atendem rápido, certo?

– Certo, Dr. Jaime, eu ou mesmo a irmã dele que é muito prestativa e, diferente dele, fala muito.

– Então, eu já tenho o diagnóstico do menino.

– O que é doutor? É coisa grave?

– Não é nada grave. O que ele tem chama-se "Malandragem de moleque".

– Não entendi, Dr. Jaime.

– Quando ele quer alguma coisa, basta ele apontar que você ou a irmã correm para atender. Ele não fala por preguiça. Isso chama-se "Malandragem de moleque", pois é bem mais comum nos meninos do que nas meninas. Basta não entender o que ele apontar... Vocês têm que ser firmes nisto, a partir de agora, só atenda quando ele falar.

Daí não teve jeito, e Chiquinho começou a falar aos três anos de idade (contra a própria vontade!).

Ele tinha uma família feliz. O pai era carteiro e trabalhava muito; só folgava no sábado à tarde e no domingo. E seus três irmãos eram bem alegres e adoravam brincar com os amigos na rua. Chiquinho se dava bem com todo mundo, mas logo se cansava de ficar na rua e voltava para casa. Daí, assistia à televisão ou brincava sozinho mesmo.

Quando começou a fase escolar, Chiquinho seguiu o mesmo padrão: gostava dos amigos mas preferia ficar só. No recreio, brincava um pouco com os outros e depois saía para tomar o seu lanche sossegado.

Os amigos o tratavam bem; só o chamavam quando precisavam completar o time de futebol. Chiquinho ia. Porém, se o time estivesse completo, ele não fazia questão de jogar.

O tempo foi passando dessa maneira. Quando Chiquinho tinha nove anos, aconteceu um fato que mudaria a sua vida para sempre.

Ao voltar da escola, Chiquinho gostava de passar no rio da Prata e ficar ali olhando suas águas serenas levando alguns gravetos e folhas. Tinha vontade de ser um desses gravetos e ir seguindo pelo rio, conhecer outros lugares... conhecer o mundo todo. Estava distraído, quando sentiu que alguém o estava olhando fixamente...

– Ei, você está me procurando? Estou aqui embaixo.

Olhou para baixo e viu a cabeça de um boneco preso nas margens do rio. Parecia ser a cabeça de um boneco de ventríloquo: meio sorrindo, meio enigmático.

– Quem é você?, perguntou Chiquinho.

– Eu me chamo Mané Tibiriçá, sou o que restou de um boneco de ventríloquo. Só que eu não sou boneco, eu falo mesmo, de verdade! O meu amigo-humano e eu enganávamos o público; assim, ele fez sucesso e ganhou muito dinheiro com isso.

– E cadê o resto de seu corpo?

– Eu trabalhava com o meu amigo-humano no Circo Estrela do Sertão, mas o circo pegou fogo. Como nós estávamos à beira deste rio, na confusão fui parar nestas águas. No entanto, o restante de meu corpo pegou fogo. Por isso não consegui nadar e não consigo sair daqui.

– E você vai fazer o que da vida agora?

– Não tenho a menor ideia... Torço pra que um menino de bom coração me pegue e me leve para a casa dele. Preciso me secar. Não aguento mais ficar exposto ao sol e à chuva.

– Você quer vir comigo? Eu moro numa casa simples, mas tenho um quarto gostoso que divido com o meu irmão menor. Ele é legal, não vai ter problema.

– Está bem! Eu vou. Mas, e você? Como se chama? E o que faz aqui sozinho?

– Meu nome é Chiquinho. Sou filho do carteiro Jeremias. Vou à aula de manhã, e às vezes gosto de passar aqui e ficar olhando o rio... e gosto de ficar sozinho.

– Chiquinho, gostei do nome. Olha, tem uma coisa muito importante: eu só vou falar com você, entendeu? Não quero mais ser artista de circo; quero ficar em paz, num lugar só. É melhor eu não falar com os outros. A gente faz sucesso, mas arranja muita confusão também, e fica toda hora mudando de lugar, quero me aposentar.

– Está bem, Mané Ti...

- É Mané Tibiriçá. Tibiriçá foi um importante líder indígena no início da colonização portuguesa no Brasil. Ele ajudou na fundação da cidade de São Paulo, e era amigo do jesuíta José de Anchieta. Meu amigo colocou esse nome só pela sonoridade, achou bonito.

– Nossa, você conhece história?

– Eu gosto muito de estudar e ler; principalmente, história e geografia. Se eu fosse homem eu faria uma faculdade.

– O que é faculdade?

– Chiquinho, já está ficando tarde. Sua mãe vai ficar preocupada com você, vamos logo para sua casa. Nós vamos ter muito tempo para conversar... Mas, lembre-se? Eu só vou falar com você, entendeu?

– Entendi. Vamos pra casa.

Chiquinho levou o boneco para casa e o colocou na pequena mesa do quarto que era usada por ele e pelo irmão para fazerem as lições. O irmão não se importou com o Mané. Seu irmão era um menino alegre e cheio de vida e amigos; além disso, já estava acostumado com o irmão mais velho, meio "esquisitão". Para ele estava tudo bem. Ele fazia correndo suas tarefas e passava o resto da tarde na rua, brincando e, às vezes, brigando também. Só voltava para tomar banho, jantar e dormir cedo. Era o companheiro de quarto ideal para o Chiquinho.

Chiquinho estava mais feliz, melhorou suas notas na escola, sorria mais, porém, continuava se isolando dos demais colegas. De tarde, fazia as lições junto com Mané Tibiriçá. Ele se acostumou a fazer toda a lição em voz alta. E pediu ao pai uns gibis e livros de história para ler.

O seu pai, como bom mineiro, estava meio cismado e comentou com a esposa:

– Emília, o Chiquinho é gozado: até os três anos não queria falar... agora fica falando sozinho a tarde inteira.

– Jeremias, não vamos arranjar encrenca onde não tem. O menino está feliz, tirando notas ótimas.

– É, eu sei... mas eu gostaria de vê-lo brincando com os outros meninos e essa mania de falar sozinho...

– Jeremias!

– Está bem, querida. Não vou mais pensar nisso.

Disse Pedro Nava: "A experiência é um farol voltado para trás." De nada adiantou os conselhos da esposa. Em virtude de seu ofício, o carteiro Jeremias circulava por toda a cidade e tinha contato com quase todo mundo. Passando pelo Grupo Escolar, viu o Diretor entrando e resolveu falar com o homem:

– Boa tarde!

– Boa tarde, Jeremias. Está quente hoje, hein?

– Diretor, será que o senhor poderia me receber? Queria perguntar uma coisa, é sobre o meu filho Chiquinho.

– Pois não, Jeremias. Qual é o problema?

– Diretor, o meu filho Chiquinho, de 9 anos, é um bom aluno, o senhor pode ver as notas dele. Mas ele é um pouco diferente dos outros meninos, pois fica muito tempo só e...

– E o que, Jeremias. Pode falar; estou aqui para ajudá-lo. Tenho 25 anos de experiência lecionando para os pequenos.

– Ele fica a tarde toda falando quase sozinho...

– Quase?

– Ele fica fazendo lição e conversando com um boneco, ou melhor, com a cabeça de um boneco, que ele chama de Mané Quiçá... algo assim. Ouvi atrás da porta.

– Mané Quiçá? Hum... vou pedir o histórico do menino para a secretária. Um momento!

– Nossa Jeremias, teu filho está realmente com notas excelentes. Ele é um dos melhores da classe, parabéns. No entanto, ficar falando com a cabeça de um boneco não é nada bom. Pode causar uma fuga da realidade; ele precisa interagir mais com os colegas da idade. Você vai fazer o seguinte, Jeremias: quando sair para trabalhar, antes de o menino acordar, pegue esse boneco e dê um sumiço nele. Entendeu?

– Mas ele vai ficar muito triste...

– Você diga para ele que o Mané Quiçá quis ir embora sozinho. Ele vai ficar chateado uns dias, mas passa. Depois de um tempinho estará brincando com as outras crianças. Terá esquecido essa história. Compre de presente algo que ele goste, para substituir o boneco.

– Está bem, Diretor, obrigado.

Jeremias cumpriu com a determinações do Diretor do Grupo Escolar, mas não estava muito convicto de sua atitude, pois em todas as vezes em que ele e a esposa não estiveram de acordo sobre algo, no final das contas ela se mostrava com a razão. De manhã, ele pegou o Mané Tibiriçá e a caminho do Posto Central dos Correios, jogou o pobre boneco no meio do rio da Prata – para ele descer com a correnteza, de novo! Isso tudo sem falar para o Chiquinho ou para a Emília.

As consequências da ação do carteiro Jeremias foram as piores possíveis: Chiquinho parou de falar, e sua esposa ficou muito chateada com ele.

– Jeremias, nunca mais tome uma atitude dessa importância sem falar comigo! Nós somos um casal, ou não? Nós poderíamos ao menos ouvir também a opinião do Dr. Jaime e do Padre Manolo. Você disse que ele leciona há 25 anos, mas quem conhece os meus filhos sou eu. Ele nem conversou com o Chiquinho para ir dando uma opinião radical dessa. Queria ver se fosse o filho dele...

O menino até ia para a escola, mas não prestava mais atenção na aula e se desinteressou de tudo. Não fazia mais as suas tarefas escolares, e parou de falar; não falava com mais ninguém, nem com sua mãe.

E Mané Tibiriçá voltou para o rio da Prata. Por sorte, era feito de madeira, e assim foi boiando até se enroscar numa curva do rio, não muito longe do centro do município. E ficou ali, na margem, esperando por um novo milagre, alguém que o adotasse de novo.

Na semana seguinte, o Sr. Domingos, proprietário de uma rica fazenda da região, passeava com o seu cavalo na beira do rio. Apeou de seu lindo alazão e começou a rezar perto da margem onde estava Mané.

– Meu Deus, me ajude! Eu peço um sinal para o Senhor! Uma luz, eu faço qualquer coisa...

Mané Tibiriçá, com sua esperteza e vivência, percebeu ali uma possibilidade. Engrossou a voz – para dar um efeito mais grave e cerimonioso – e perguntou:

– Quem é você, meu filho?!

– Sou o fazendeiro Domingos Marques Afonso... mas quem está falando?

– Sou um anjo. Qual o seu problema Domingos?

– Meu Anjo, preciso de um milagre... urgente! Minha doce filhinha Beatriz está morrendo...

– O que ela tem, meu filho?

– Ela está morrendo de amor... acho eu. Ela se apaixonou por um vaqueiro, um peão da minha fazenda, mas eu não aprovei o namoro, pois eu criei ela para se casar com um doutor. Dessa forma, despedi o Leonardo, o seu amado. Agora, ela não se alimenta, não sorri, não fala, a minha florzinha está morrendo!

– Como é esse rapaz, o Leonardo?

– Não posso mentir ao Anjo, ele é um bom rapaz. Corajoso, educado e parece ser inteligente. Acho que tem boa figura também, pois minha filha acha ele muito bonito.

– Eu vou salvá-la. Mas você terá de fazer exatamente o que eu lhe mandar: você irá correndo falar com sua filha; vai lhe pedir perdão e dizer a ela que agora você aprova esse namoro; mandará um de seus funcionários buscar o Leonardo e também pedirá desculpas a ele, o readmitirá na fazenda e irá autorizar o namoro dos dois, inclusive em sua casa, na fazenda; eles poderão ir juntos às missas e às festas da paróquia. Por último, – continuou o Anjo – pegará essa cabeça de Santo na margem do rio e fará uma pequena capela – muito bem-feita, sem goteiras – e colocará a cabeça do Santo em cima de um pequeno altar. Sempre colocará flores frescas para o Santo. Somente três pessoas poderão tocar na cabeça do Santo: você, sua filha e um menino chamado Chiquinho, que é filho do carteiro Jeremias. Este carteiro deverá ser avisado a trazer o menino para falar com o Santo.

(Mané Tibiriçá deve uma explicação: essa história de não poder tocá-lo foi um improviso de última hora. É porque ele se lembrou de seu amigo-humano ventríloquo que gostava de dizer que alguma coisa "estava mais suja que pé de santo", pois todo mundo beija e passa a mão em pé de santo na igreja. Ele não queria isso para ele, ainda mais pelo fato de não possuir pé, seria muito desagradável todo mundo passando a mão em sua face e beijando. Deu permissão ao fazendeiro Domingos por questões práticas, já que era aquele homem que iria tirá-lo do rio e levá-lo para seu novo lar; ao Chiquinho uma vez que era o seu melhor amigo e às vezes sentia uma coceirinha danada no rosto; e à Beatriz... afinal, quem não gosta de um pouco de carinho de uma moça apaixonada?).

– Está bem Anjo, está bem... farei tudo isso. Mas onde está a cabeça do Santo?

– Olhe para baixo, um pouco à frente na curva, enroscada nos gravetos. Bem... agora tenho de ir embora. Fique com Deus e seja um bom homem daqui para a frente, Domingos Marques Afonso. Faça o que eu te disse, e o Senhor o abençoará com muita felicidade em sua vida.

O Sr. Domingos procurou a cabeça e encontrou o Mané todo enroscado no matagal. Pegou o boneco, o beijou com fervor (argh!), e foi correndo falar com sua filha.

Domingos Marques Afonso fez tudo o que o Anjo lhe determinou. Naquela tarde mesmo, Beatriz já comia um prato de canja de galinha bem saboroso e começava a sua recuperação. O fazendeiro determinou a construção imediata de uma capela ao lado de sua casa, num lindo jardim. Enquanto isso, o Santo repousava num quarto onde havia um oratório rústico e figuras de outros santos ao seu lado. Estava também se recuperando de tanta aventura. E já naquela tarde, Jeremias, o carteiro, foi chamado a falar com o Sr. Domingos, que lhe disse:

– Jeremias, aconteceu um milagre na minha vida. A minha filha Beatriz estava quase morrendo e eu fui à beira do rio rezar. Um Anjo falou comigo, disse o que eu devia fazer, e estou fazendo tudo direitinho. A Beatriz já está se recuperando bem. Uma parte das ordens do Anjo é uma questão familiar minha, outra parte é que ele mandou chamar o teu filho, Chiquinho, para falar com o Santo que eu resgatei na beira do rio. Você pode trazer o Chiquinho a hora que você quiser para falar com o Santo. Ele está num quarto vazio da minha casa. Entendeu?

– Entendi, achei um pouco complicado... mas entendi sim, Sr. Domingos. Mas me diz, que santo é esse?

– Bom, na verdade é só a cabeça do santo, ele só tem a cabeça. É um santo um pouco diferente, mas é milagroso e eu estou fazendo uma capela para que todos possam rezar e falar com ele. Mas tocar no Santo, só três pessoas podem: eu, minha filha e o Chiquinho – que é um menino que o Santo preza muito. Vai ter uma placa grande explicando tudo isso na capela.

– Hoje à tarde mesmo trago o Chiquinho aqui, Sr. Domingos. Ele está mesmo precisando de um milagre pois está mudo... não fala mais nada.

– O Santo há de curar o teu filho, Jeremias, tenho fé nisso.

– Obrigado pelas notícias, Sr. Domingos. Deus te abençoe, até logo!

Jeremias foi correndo para casa avisar sua esposa da novidade. Ela ficou muito emocionada com tudo aquilo, e disse ao marido:

– Jeremias, você vai fazer exatamente o que o Sr. Domingos disse. Não vamos falar desse assunto pra ninguém... não quero complicações agora, entendeu?

– Pode deixar, Emília, já aprendi a lição. Tô pensando uma coisa...

– Desembucha logo, Jeremias.

– E se aquele boneco do Chiquinho for o Santo? O Sr. Domingos disse que era só uma cabeça...

– Se ele for o Santo, vai te perdoar. Você só cometeu aquele ato porque achou que estava fazendo a coisa certa, não foi por maldade tua. E nem foi por maldade também que aquele Diretor do Grupo, que não entende nada de criança, só tem pose mesmo, te pôs aquela ideia no juízo.

– Você tá certa, mulher. Eu só queria o bem do Chiquinho; e parece que o Santo gosta muito dele...

– Então... lembre-se: "nóis é mineiro!". Não comente esse assunto com ninguém.

No meio da tarde, Jeremias levou o Chiquinho na fazenda do Sr. Domingos. Este recebeu o menino muito bem (já era quase uma autoridade o nosso Chiquinho!).

– Chiquinho, pode entrar no quarto. Converse com o Santo à vontade. Eu vou fechar a porta pra vocês falarem sossegados. O Anjo disse que você, eu e minha filha podemos tocar nele, só nós três (o fazendeiro Domingos Marques Afonso gostou, particularmente, dessa determinação, pois contava isso pra todo mundo! Até cansava os outros com essa história).

– Oi Chiquinho, que bom ver você meu amigo!

– É você Mané? Tá todo enfeitado de flores... você tá gozado aí, Mané!

– Eu também acho. O fazendeiro exagerou nas flores... eu vou pedir pra você afastá-las um pouco do meu rosto... tá dando coceira...

– Você quer que eu coce um pouco?

– Por favor, Chiquinho, a bochecha direita e a orelha também...

– Ahh! que gostoso... obrigado meu amigo! Tava com saudade de você!

– Mas o que houve com você, Mané? Foi o meu pai que sumiu com você, não foi?

– Foi, mas ele achou que estava fazendo o melhor pra você. Eu quero que você perdoe o teu pai. O Domingos vem todo dia rezar e conversar comigo, mas eu só vou falar com você de agora em diante. Você dará os meus recados pro fazendeiro... ele faz tudo o que eu mando, é até engraçado: ele é meio bufão, tenho vontade de rir...

Assim, Mané e Chiquinho conversaram um bom tempo e planejaram o que fariam de agora em diante. O menino iria perdoar o pai e dizer a ele e ao Sr. Domingos que toda a tarde ele vai encontrar com o Santo, e vão fazer todas as tarefas escolares juntos, inclusive aquelas que ele deixou para trás. Beatriz e Chiquinho arrumariam as flores em volta do Santo; e o encontro dos dois será sempre com portas fechadas – o período da tarde era do Chiquinho, de manhã e à noite os outros poderiam fazer suas orações.

No fim, Mané Tibiriçá disse:

– Veja, Chiquinho, eu não fiz milagre algum com a Beatriz e com você: apenas tentei dar bom senso ao Domingos e ao seu pai. É incrível como o ser humano arruma encrenca onde basta fazer o simples, o correto. Mas, esse assunto nós discutiremos com mais calma depois.

Beatriz ficou boa logo. Ela e o Leonardo já estavam noivos. O rapaz era agora o braço direito do Sr. Domingos, e aprendia tudo com muita facilidade. Leonardo tinha ótimo caráter e era muito esforçado. Até já se falava ali em casório.

Chiquinho, com a ajuda do Mané, continuou a ser bom aluno e nunca deu trabalho na escola. Fez faculdade de Letras – Português, e acabou dando aula no mesmo Grupo Escolar em que estudara, chegando a ser um ótimo diretor.

Mané Tibiriçá, virou Santo ali em São Domingos do Prata, e tinha uma capela na fazenda só para ele (sem goteiras). Continuou pelo resto da vida a receber a visita exclusiva de Chiquinho. No entanto, já não eram lições de casa o que eles liam, mas romances brasileiros e estrangeiros. Adotaram o hábito de ler um pouco de jornal também. Chegavam até a discutir mais seriamente e em voz alta quando não concordavam com um assunto ou um ponto de vista político ou futebolístico. Nesses dias de discussão, Mané Tibiriçá ficava sem as suas coçadelas nas bochechas e nas orelhas.

* Conto inspirado na música "Mané Tibiriçá" de Moreno & Moreninho.

Esta obra foi composta em Bembo Book Pro e
impressa em papel pólen 80 g/m² para a
Editora Pasavento, em agosto de 2021.